Ⓢ新潮新書

養老孟司

YORO Takeshi

遺言。

740

新潮社

はじめに

久しぶりに本を書いた。私が語って、編集者が文章にする。このところ、そういう本ばかり出していた。いわゆる「語り下ろし」である。『バカの壁』以来、そういう癖がついたらしい。

ところが平成二十八年の暮れから半月、船に乗る機会があった。クイーン・ヴィクトリア号で、カナリア諸島への船旅である。家内とその友人たちとのお付き合いだったので、私はすることがない。しょうがないから本を書くことにした。船旅は刑務所みたいなもので、当たり前だが、航海中は船の中以外、どこにも出られない。集中して本を書くには、もってこいの環境だった。

もう一つ、なんだか本が書きたくなったのである。思えば満八十歳、ほぼ平均寿命だから、ぼちぼち死んでも当たり前の年齢になった。それなら言い残したことを書いておこう。それで「遺言」を書くつもりになったらしい。とはいっても先に申し上げておくと当面死ぬ予定はない。なので、この本も「遺言1・0」とでも呼んだ方がよいかもしれない。

特別に新しいことを考えたわけではない。ただ全体にまとまりがついてきたと自分で思う。ヒトとはなにか、生きるとはどういうことか。根本はそれが主題である。

小さい時から動物が好きで、動物を見るたびに、ヒトである自分と、どこが違うんだろうと、不思議に感じてきた。小学生の頃にファーブルの『昆虫記』を読んだことも忘れられない。台湾でタマオシコガネ、つまりフンコロガシを見て、山中に寝そべって写真を撮った。旅行中はカメラを携行していたのに、撮った写真といえばほぼこれだけ。糞が完全な真球になっている。レンズ磨きみたいなことに凝る人がいるが、虫だって自分のすることに凝るのである。糞球に感激したってしょうがないのだが、でも感激する。ファーブルも、当時のカメラで、フンコロガシの写真をたくさん撮っている。その気持ちはよくわかる。
二十九年の夏の終わりに、広島の元宇品（もとうじな）の森に行った。子供たちの昆虫採集のお付き合いである。浜でイヌが遊んでいた。紐でつながれていない。しばらくの間、イヌが波と戯れ、無心に遊ぶ姿を飽きずに見ていた。これが生きているということで、これが幸せということだなあ。それにしては、ヒトの子供のこういう姿をしばらく見ていないなあ。

遊びをせんとや生れけむ　戯（たわぶ）れせんとや生れけん　遊ぶ子供の声きけば　我が身さえこそ動（ゆる）がるれ

日本にもそういう時代があった。私の子供時代も思えばそうだったかもしれない。塾なんかない、テレビはない、スマホもない、将来なんて知ったことではない、今日のご飯をどうする。年寄りは昔は良かったというものらしいが、それだけかなあ。いまの時代は、皆さんいろいろおっしゃるけれど、本当は変なんじゃないか。

どこが変なんだろうと思うと、言うことがたくさん出てきてしまった。ただ変なことばかり追求しても、答えは出ない。なんでこうなんだろうと、あるようなないようなその筋書きを考えると、ひとりでに話ができてくる。その筋書きを書いたつもりである。それが正しいとか、正しくないとか、そんなことは考えていない。考えというのは、そういうものである。それがすべて想像上の世界なら文学になるし、事実に即したら歴史になり、ドキュメントになり、科学論文になる。私が書くものは、そのどれでもない。老人のブツブツだとも言えるし、人によっては「先生の哲学は」と言う。

哲学なんて、やったこともないし、やろうと思ったこともない。ただしソクラテスの論法は使わせてもらうことにしている。「先生の哲学は」という人は、哲学とはいかなるものか、それを知っているはずである。私は知らない。教えてもらいたい。旧制高校ならデカンショ、デカルト、カント、ショーペンハウエルが哲学だったらしい。四書五経もそれに近いであろう。この本にはそんな難しいことも、立派なことも書いてない。ときどき引用しているが、それは私という素人の勝手読みである。

もう自分でも忘れていい頃だと思うが、小学校二年生の時に、当時の国語の教科書に墨を塗った。これはなんともすごい教育でしたなあ。以来私は、読んだ本に気に入らない箇所があれば、墨を塗りなさいという意見を持つようになった。パソコンの画面は墨が塗れないから、代わりに「炎上」するらしい。デリート・キィを押せばいいじゃないか。押しても消えないんだよ。それは困りましたなあ。この本は本ですから、大丈夫、墨が塗れます。気に入らなかったら、そうしてくださいね。

本書は、完全書き下ろし作品である。

図版製作　ブリュッケ
文中手書き文字　著者

遺言。——目次

1章　動物は言葉をどう聞くか

バカな犬と恩知らずの猫

人と動物の違いはなんだろうか。なによりまず、動物は言葉をしゃべらない。そう主張すると、もちろん反論が出る。

犬好きの人がいう。「うちの犬は家族のだれが名前を呼んでも、走ってくる。だから自分の名前くらいはわかってますよ」

私は犬なら飼ったことがある。高校生のときである。どう考えてもバカ犬だった。でも可愛い。血統書付きのコッカー・スパニエルのメスだったので、姉が連れ合いを探してきたら、妊娠した。ある晩、犬小屋のあたりが騒がしい。様子が変なので見に行った。

そうしたら、子どもがもう二匹生まれていて、親が羊膜を破ってやらないので、窒息死していた。残り三匹は、私が産婆をつとめて、無事に生まれた。こういう純血種は、人の手伝いがないと、子どもも産めないのである。

じゃあ役に立たないか。ある日、このバカ犬を虫採りのお供で山に連れて行った。なんと、あっという間に笹藪に駆け込んで、鳥を何羽も追い出した。私が銃を持っていれば、その鳥たちを撃てばいい。なるほど、そのための犬だったか。それをただ愛玩用にしているから、バカの一言で表現されてしまうのである。

ともあれ、ここまでバカなら、もちろん言葉なんて話せないんだろうなあ。長い間、つまりはそう思ってきた。

猫も飼った。いまでも飼っている。まるという名前。じつはこの猫は『うちのまる』という写真集にもなった。家にいるときは、私がかならずまるに餌をやる。まるも心得ていて、私の顔を見ると、腹がすいていれば、かならず餌をねだる。だから餌をやる。問題はそのあとである。食べ終わると、「ごちそうさま」の一言もない。フンと横を向いて、外に出て行ってしまう。台所の戸が開いていないと、ガリガリひっかく。だから私が開けてやる。それでも「ありがとう」と言ったことは一度もない。恩知らずのバカめが。

さて、もう一度戻って、動物はなぜ話せないのだろうか。バカだからだろうか。

動物は絶対音感の持ち主

ある日、本を読んでいて、愕然とした。調べられた限り、動物は絶対音感（ほかの音と比較せずに、音の高さがわかる能力）の持ち主だと書いてある。長年の疑問が一度に解けたような気がした。私の声は低い。家内の声は高い。私と家内が違う高さの音で「まる」と呼ぶ。まるはわれら夫婦が「別な音を出している」と思っているに違いない。声の高さが違うなら、違う音ですからね。

まるに名前を教えようと思ったとする。「ま」とはこういう音だよ。それをやってみようとすると、今度はこちらがわからなくなる。どう説明すりゃあいいんだ、「ま」って音を。音の振動数（高さ）なら、問題はない。機械にだって正確な音が出せる。物理学的に定義できるからである。だからこそ動物は振動数に頼る。

私には絶対音感がない。うちの姪にはある。姪は小さい時から、姉つまり姪の母親がピアノを叩き込んだ。だからカラスが鳴くと、「おじちゃん、いまのカラスの声はこれだよ」とピアノを弾いてくれる。私に絶対音感がない、つまり音痴だと知っているからである。

私はこれでも医学部出だから、耳の解剖生理は習ったことがある。じつはその時すでに不思議に思った。なぜ自分には絶対音感がないんだろう。だって、耳は音の振動数（周波数）を捉えるようにできている。カタツムリと呼ばれる伸ばすと円錐になる部分には、細長い三角の膜が入っていることになる。鼓膜から伝わった音はこの膜を振動させる。細長い三角膜になっているのは、音の高さによって、その一部が振動するからであろう。つまり膜が部分的に強く共振する。しかもこの膜の上に感覚細胞が載っている。この感覚細胞は有毛細胞と呼ばれている。その理由は細胞の頭の上に小さい毛が生えているからである。この毛の長さや数は、細胞によって違っている。これも共振だからに違いない。

膜の細部がいちいち違っているのは、違う振動数の音では、膜の違う部分が共振する

〈耳のカタツムリ〉

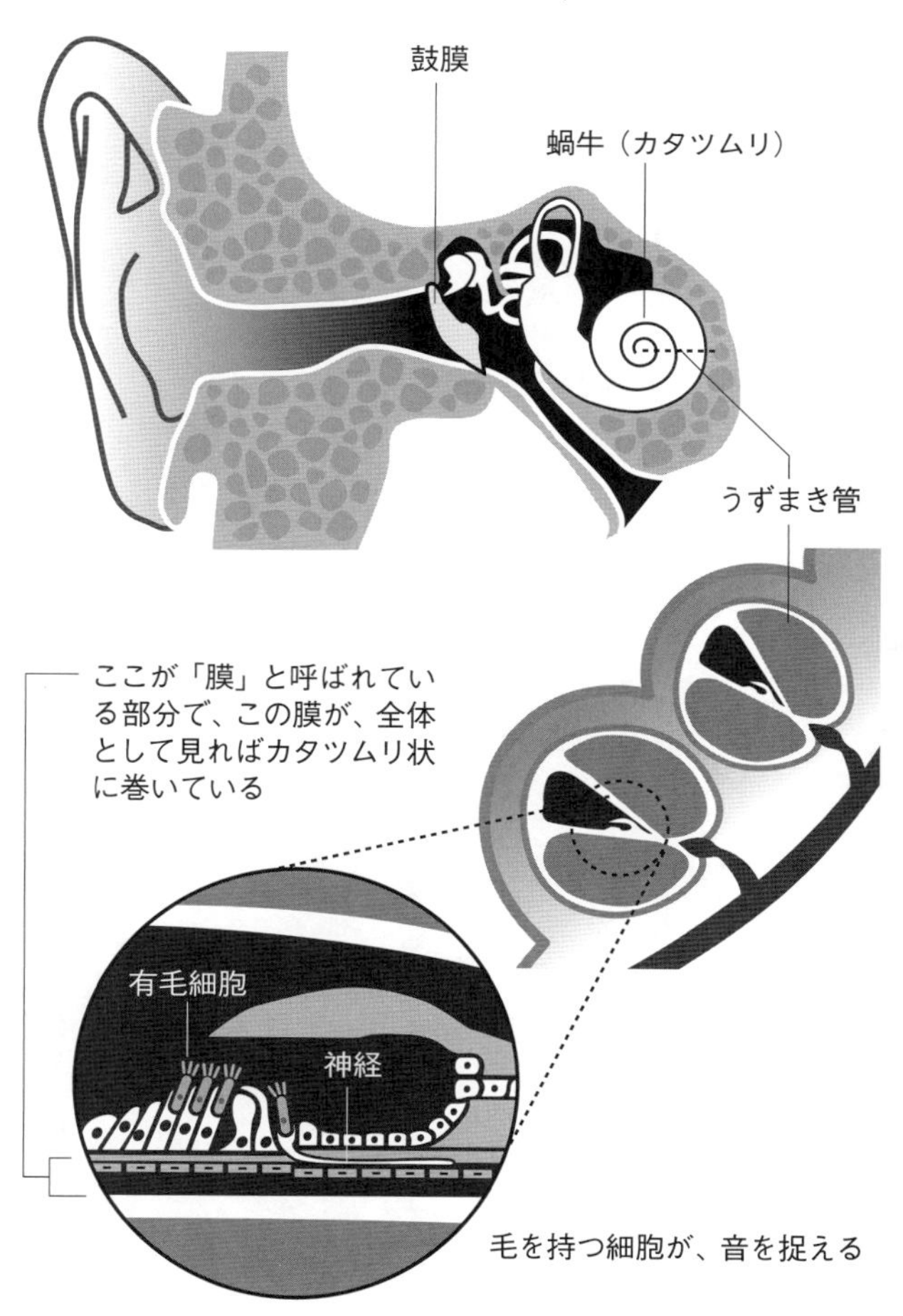
鼓膜
蝸牛（カタツムリ）
うずまき管
ここが「膜」と呼ばれている部分で、この膜が、全体として見ればカタツムリ状に巻いている
有毛細胞
神経
毛を持つ細胞が、音を捉える

ようになっているからである。同じ振動数の音が聞こえてくれば、いつも膜の同じ部分が振動する。それなら「同じ音だとわかる」、つまり絶対音感があっていいじゃないか。

絶対音感は「失うもの」

さらにその上、大脳皮質には第一次聴覚中枢がある。ここの神経細胞はなんと周波数に従って並んでいる。ただし細胞間の距離は振動数の対数をとっている。ここでわからなくなった人は、ピアノの鍵盤を考えてくださいね。ヒトがピアノという楽器を創ったのは、脳がピアノのようになっているからだと、私は信じている。それでなきゃ、あんな変な楽器は作れませんよ。

ヴァイオリンのような弦楽器は、子どものいたずらから、次第にできてきた。そう思っても差し支えないと思う。紐を張って、ピンと弾けば音が出る。張り方を変えたら、音が変わる。下に箱があると、音が大きくなる。つまり経験的に改良していける。でもピアノは違う。あんな変なものが、なんでいきなりできてくるのか。あらかじめ頭の中にある。そういうしかないじゃないですか。まあ、納得のいかない人もいると思うけど。

ともあれそういうわけで、耳を考えても、聴覚の第一次中枢を考えても、私に絶対音感がないほうがおかしい。だって、特定の振動数の音が聞こえてくれば、耳の中でも脳の中でも、それに対応する決まった部位がかならず反応しているんですからね。動物は素直にそれに従っているから、絶対音感がある。

私はそれが「わからなくなった」のに違いない。赤ちゃんは動物に近いはずで、それなら絶対音感があるでいい。その赤ん坊状態を残しているのが私の姪で、私は大人になってしまったから、「絶対音感を失った」らしい。姪を育てた姉は「小さい時から楽器の訓練をしないと、絶対音感がつかない」とよく言っていた。それが当時の常識だったのだと思う。でも姉の言い分はおそらく間違いだった。小さい時から楽器の訓練をしないと、絶対音感が消えてしまうんですね。

太郎という子どもは、親父がダミ声で「太郎」と言っても、母親がソプラノで「太郎」と呼んでも、「あっ、俺のことだな」とわからなければいけない。声の高低をまず聞いてしまったら、違う高さの音は「違う音」にされてしまう。それでは言葉がわからなくなる。じつはそれこそうちのまるが感じていることだろうと思う。私と家内は、まるにとっては、それぞれかならず別なことを言っているのである。

西洋音楽が入ってきたから、絶対音感などという妙な能力が発生したのではない。江戸時代の地域の歴史には、しばしば「鳥寄せ(とりよ)の名人」の記録が登場する。草笛を作って、その音で鳥を呼ぶ。もはやおわかりであろうが、これができるためには、絶対音感が必要である。鳥の声と同じ高さ（振動数）の音を、笛で自作しなければならないからである。絶対音感はむしろ「動物に近い」能力だから、昔の人のほうに普通に存在していて不思議はない。暇さえあれば、テレビのおしゃべりを聞いているというような生活は、江戸時代にはなかったはずである。江戸時代の人は、そもそも一日に何人の人に出会っていたんですかね。

現代人は日常的に言葉のシャワーを浴びている。小さい時から楽器の練習をするというのは、言葉以外の音を長時間、聞くことである。それをすると、おそらく絶対音感が消えないのであろう。幼い時から言葉を教えられなかった子どもの音感は、その意味では興味深い。右のように考えればそういう子どもは絶対音感のはずだが、実例はまずないから、実際にはよくわかっていないと思う。

絶対音感のある人は、言葉をどう聞くのだろうか。これも調べてみる価値がある主題だが、私にはその暇がない。ただ共感覚という現象が知られている。例えばアルファベットの文字に色がついて見える。Aという文字を見ると、同時に色が見える。共感覚がある人の八割くらいは、特定の文字について、同じ色を見るらしい。本人でないとわかりにくいのだが、印刷された文字の色に、その文字に特定の別な色がいわば「重なって」見えるという。絶対音感のある人の言葉の聞き方も、これと似たようなことであろう。言葉の意味と同時に、音の高さが重なってくるのだろうと思われる。

ヒトはノイズを求める

私は聴覚の基本は単純に共振だと思っている。聞こえてくる音の振動に合った部分が共振する。だから膜は三角で細長い。その上に載っている有毛細胞の毛も数も形も違う。こうして違う振動数の音を「聞き分ける」。話が単純すぎることはわかっている。実際に聞こえている音は、ノイズを多く含み、純音ではない。おそらく動物はそうした状況の中で、必要な音をとるために、さまざまな工夫をしているに違いない。ここでの議論は耳の生理学ではないから、乱暴にしてある。ちゃんと議論しろと言われたら、到底できませんというしかない。私は聴覚の生理学が完全にわかるほど、頭が良くないのである。

実際問題として、われわれは音を聞くときに、特定の振動数の純粋な音を聞くわけではない。背景には常にいろいろな音が混ざっている。実際の生存環境では、ノイズつまり白色雑音が存在するのが当然なのである。そのため、実験で純音つまり特定の振動数の音だけを聞かせるようにした環境で調べると、雑音がある場合に比較して、被験者の聞く能力はかえって落ちてしまう。これは理論だけから考える研究者にとって、注意が必要な状況である。生き物は理論的にはいわば汚い環境に生きている。

コンピュータのディープ・ラーニング（機能強化を自動的に進める深層学習）でも、このことが重要だったという。コンピュータによりよく学習をさせるためには、きれいなデータだけではなく、入力に白色雑音を加えてやる。そのほうが学習効果は高くなる。純粋で美しい状況、そんなものは脳の中にしか存在しないのである。

音楽にはリズムとメロディーがあって、動物がそのどちらも多少は覚える可能性がある。ただしその能力がどの程度のものか、これも私はよく知らない。植物に音楽を聞かせるとよく育つ。そんな話も聞いたことがあるが、仮にそういうことがあるとしても、音楽が必要なのか、振動が有効なのか、リズムなのか、メロディーなのか、調べてみなければわからない。

大学生の時に、私はフルートを習っていた。先生のお宅にうかがって、もちろんフルートを吹く。先生はイヌを飼っていた。私がフルートを吹くと、このイヌがしばしば伴奏をする。私が吹き終わったあとも、キャィーンとかいって、しばらく遠吠え風に鳴いている。これはおそらく私の吹き方が下手なので、どんな音が出ていたか、知れたものではない。倍音、あるいはさらに高い音が出ていたからに違いない。イヌはそれを聞いて、それなりに反応していたのであろう。イヌの耳はヒトよりも高い音を聞くことができる。だから訓練用の犬笛は、吹いてもヒトには音が聞こえないようになっている。

鳥がしゃべる根拠

九官鳥やオウムのように、一部の鳥がよくしゃべることは周知の事実である。ヨウム

（大型のインコの一種で高い知能を持つ）は二百語くらいなら、覚えてしゃべるという。ただし私は鳥がしゃべることが、ここで論じているヒトの言葉とどう関係するか、よく知らない。若くして亡くなられた東京大学の細川宏教授は、脳解剖学が専門だった。細川教授が口癖のように言っておられたことで、記憶していることがある。つまり「鳥は中脳動物だ」というのである。哺乳類は大脳が発達するが、鳥は中脳の発達が著しい。私は若い頃から、先生のいわれたことを信じ込んでしまったので、鳥については、ここでは考えていない。

大まかにいうなら、大脳は嗅覚、中脳は視覚、後脳（小脳と延髄）は平衡覚と聴覚に関連して発達したといわれる。鳥は視覚がよく発達し、それが中脳の発達と関係している。これに対して哺乳類は嗅覚が発達し、それに関連して大脳がまず発達した可能性が高い。恐竜時代の哺乳類の祖先は、多くの恐竜が鳥目であったために、主として薄暮に活動したと考えられている。それなら目はあまり重要ではなかった。ただしヒトを含む霊長類は哺乳類の例外で、大脳はよく発達するものの、大脳の先端に位置する嗅脳の発達がよくない。そのかわりに視覚が発達する。霊長類では発達した視覚をいわば大脳が

〈脳の構造〉

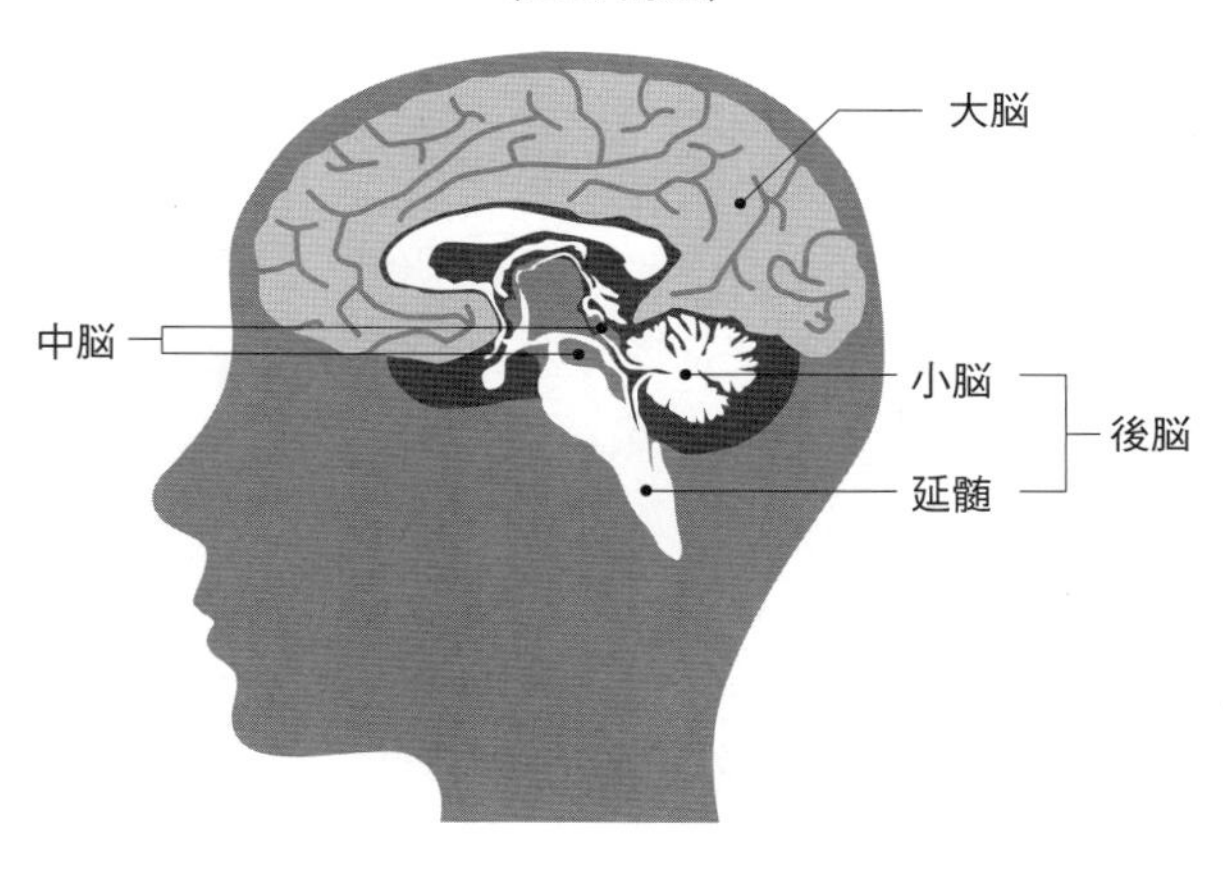

担う。こうして霊長類と鳥類とでは、ともに視覚が発達するとはいうものの、脳の働きに関する解剖学的、進化的な背景が大きく違っている。

もう一つ、言葉が話せるかどうかは、末梢の器官すなわち喉頭の位置に関係しているという仮説があった。確かにホモ・サピエンス（動物分類上の学名で、現生人類の属する種のこと。著者は「ヒト」とも記す）だけが成人すると喉頭の位置が低くなり、そのために楽に口で呼吸ができる。馬にしても豚にしても、鼻で鳴くことに留意されたい。ネアンデルタール人（ヒト科の一種で、ホモ・サピエンスの近縁種。諸説あるが

40万年前～2万年前まで欧州からアフリカ、西アジアにかけて居住していたとされる。埋葬の習慣もあった）ではどうであったかについて、喉頭の高さを骨格から推定しようとした論文を読んだこともある。でも明瞭な結論はなかったような記憶がある。ただ当時から、チンパンジーに人の脳を与えれば、話すことができるはずだという意見もあった。実際にガンで喉頭を切除された患者さんが、いわゆる食道発声で話すのを、耳鼻科の臨床講義で診たことがある。発語能力はおそらく脳に依存し、末梢には依存しない。私はそういう意見である。

さらに鳥の場合だが、発声器官は喉頭ではなく、鳴管 syrinx と呼ばれる部分で、気管分岐部に位置する。これは喉頭に比較してずいぶん低い位置だから、むろん鳥は口で「話す」ことができる。鳥の呼吸器は哺乳類とはかなり違っており、肺胞は哺乳類のように完全な行きどまりではなく、呼吸気が行き来する気管支に開いている。鳥の鳴管が哺乳類の喉頭に相同だという保証はない。つまり中枢と末梢の両方から見て、鳥の発語については別に考える必要がある。

ただしオウム類の「言葉」で注目すべき点は、音の高さの無視である。鳥にとって、これがどこまで可能であるか。この点も、右に述べてきたような私の視点からは、調べてみる価値がある問題である。ことほど左様に、一つの仮説を立ててみると、調べなければならないことが山積しているとわかる。いったん何かを考え出すと、際限がありませんね。

2章　意味のないものにはどういう意味があるか

感覚所与とは

目に光が入る、耳に音が入る。これを哲学では感覚所与という。とりあえず感覚器に与えられた第一次印象といってもいい。

動物は感覚所与を使って生きている。それが私の最初の結論である。動物が言葉をしゃべらないという疑問は、このことから解ける。解けるような気がする。

耳の話はすでにした。今度は目、つまり文字を例にして説明してみよう。まるの前に飼っていたネコは、チロだった。これは白いネコで、子どもがシロと言えず、チロというから、チロになった。さてチロに「お前の名前を漢字で書いて教えてやろう」と私がチロに言ったとする。もちろんチロはそれがわからない。わからないけれども、仮にわかったものとする。そこで私は次のように書く。

白

こう教えると、チロはむろん怒る。なぜ怒るか、わかりますか？
チロがなんというかというと、「それは黒じゃないか」というのである。黒字ですからね。

つまりネコは字の形を見ても、とりあえず意味不明に違いないから、まず黒色という感覚所与で判断する。ヒトがそうしないのは、教育を受けてきたからである。白という字を見たら、それが何色で書かれていようと、感覚所与を無視して、なにがなんでもシロと読む。さて、どっちが「正しい」んでしょうかね。

ともあれ、だから動物は字が読めない、あるいは言葉がしゃべれない。それは動物がバカだからではない。感覚所与を優先してしまうからである。赤字で書いた、

青

という字を、乱暴にもアオと読んでしまうような動物は、ひょっとするとジャングルでは生き残れないかもしれませんよ。

われわれは感覚でいったいなにをまずとらえているのだろうか。それは世界の違い、変化である。なにも変化しなければ、たとえばなにも音がしなければ、耳は働かない。明かりが変化すれば、目はすぐに気が付く。感覚器は「外界からの刺激を受け取る」。つまり外界の変化に依存して働く。外界が変化しなければ、自分の方で変化を起こす。視覚が典型である。目玉をキョロキョロ動かす。動かすたびに、違うものが見えてくる。仮に目玉がまったく動かず、頭も、見ている対象も動いていないとしたら、網膜の特定の細胞にはいつも光が当たりっぱなしということになる。それではその細胞が疲れてしまい、まもなく働かなくなるであろう。

したがって、たとえば匂いがしてくるのは、「それまでその匂いがなかった」ことを意味している。われわれの年代では、トイレは汲み取りが普通だった。こういうトイレを使ったことがない人は、さぞかし臭いだろうと思うはずである。たしかに臭いのだが、しばらく入っていれば、それほどでもなくなる。匂いもまた、外界の変化を意味しているのである。暑い時期に団扇を持って汲み取り便所に入って、うっかりあおぐと、あらためて臭い。ここでは変化を起こしてはいけない。

役に立たないものの必要性

われわれの意識は、多くの場合、感覚所与をただちに意味に変換してしまう。「焦げ臭い」から「火事じゃないの」という判断にただちに移行する。そうなると、それまで「その匂いがしていなかった」ことは忘れられてしまう。「匂いがなかった」状態から、「匂いが存在する」状況に変化したことは意識せず、焦げ臭い（感覚所与）＝火事（意味）が意識の中心を占めてしまう。一般的に言うなら、だから「意味のない」感覚所与を無視することに、多くの人は意識的ではなくなるのである。それがヒトの癖、意識の癖だといってもいい。

もっと重要なことがある。現代生活は感覚が働かないように、できるだけ努める。そんな意図はもちろん誰にもない。でもたとえば丸の内のオフィスにいたとする。風は吹かない。雨が降らない。エアコンがあるから、温度は一定。臭いは当然しない。タバコでも吸おうものなら、叩き出される。床は平坦で、堅さはどこも同じ。

代わりにオフィスではなく、山の中を歩いてごらんなさい。地面はデコボコ、木の根や草がある。雨が降ったらぬかるむ。風が吹き、いつの間にか日が傾き、明るさが変化する。小鳥がさえずり、小川が流れ、それが森に反響して、じつにさまざまな音がする。つまり都市の生活は、そうした感覚入力をできるだけ遮断(しゃだん)する。

そのつもりはないとすでに書いた。感覚を遮断しているなどというつもりは毛頭ないけれど、なぜかそういう環境を作り、中に住み着く。それがマンション。そこでは目につくものには、すべて意味がある。なんの役にも立たないものが置かれていることがたまにあっても、断捨離とかいって、ときどき片付けてしまう。無意味なものの存在は許されない。でも都会人は「そんなつもりはない」というであろう。じゃあ、どういうつもりなんだろう。

感覚所与を意味のあるものに限定し、いわば最小限にして、世界を意味で満たす。それがヒトの世界、文明世界、都市社会である。それを人々は自然がないと表現する。そこには花鳥風月がない。でも自然はもともとあるもので、あるものはしょうがないのである。意味もクソもない。

都会は意味で満ちている

すべてのものに意味がある。都会人が暗黙にそう思うのは当然である。なぜなら周囲に意味のあるものしか置かないからである。しかもそれを日がな一日、見続けているのだから。世界は意味で満たされてしまう。それに慣れ切った人たちには、やがて意味のないものの存在を許さない、というやはり暗黙の思いが生じてくる。

たとえば「雑草」という言葉がある。昭和天皇はおつきの人が雑草というと、「雑草というものはありません」と注意されたという。雑草といえども、植物学上では、ちゃんとした名前があるからである。「あんたが不勉強で草の名前がわからないんだろうが」。陛下はそういうむきつけのことは言われない方だったから、雑草というものはないといわれたのであろう。

では雑草とはなにか。そんなものは植えた覚えがない、それを雑草という。植えなかった理由は、意味がないからである。サラダにするわけでもないし、野菜炒めに入れるわけでもない。じゃあ、雑草じゃねーか。それなら引っこ抜こう、と。ホラ、意味のないものの存在を許してないでしょ。

意味のあるものだけに取り囲まれていると、いつの間にか、意味のないものの存在が許せなくなってくる。その極端な例が神奈川県相模原市で生じた十九人殺害事件であろう（2016年7月に障害者施設で引き起こされた）。障害があって動けない人たちの生存に、どういう意味があるのか、そう犯人は問うた。

その裏には、すべてのものには意味がなければならない、という（暗黙の）了解がある。さらにその意味が「自分にわかるはずだ」という、これも暗黙の了解がある。前段の「すべてのものには意味がなければならない」までは信仰として許される。しかし第二段の暗黙の了解が問題である。「私にはそういうものの存在意義はわかりません」。そう思うのが当然なのに、自分がわからないことを、「意味がない」と勝手に決めてしまう。その結論に問題がある。なぜそうなるかというと、すべてのものに意味があるという、都市と呼ばれる世界を作ってしまい、その中で暮らすようにしたからである。意味のあるものしか経験したことがない。そういってもいい。

山に行って、虫でも見ていれば、世界は意味に満ちているなんて誤解をするわけがない。

なんでこんな変な虫がいなきゃならないんだ。そう思うことなんて、日常茶飯事である。感覚所与には意味がない。世界が変化したということを、とりあえず伝えてくれるだけである。意味は与えられた感覚所与から、あらためて脳の中で作られる。

感覚所与をできるだけ制限する世界、つまり都市では、意味がひとりでに中心になってきてしまう。だから禁煙。なぜいまここで、タバコに火をつけなきゃならないんだ。その意味は火をつけている本人にも了解不能である。そんなものは雑草と同じだ、引っこ抜け。いろいろ理屈はあるだろうけれども、根元にある感情の一つは、無意味なものの存在を許さないという、それであろう。

ナチ政権は国家的に禁煙運動を始めた。さらに精神障害者の安楽死を積極的に進めた。

そういう人たちの存在は、社会にとって意味がないと考えたのであろう。その後に来たのが民族浄化と称するユダヤ人の大量虐殺である。あいつらがいなくなれば、世界はきれいになる。組織的な抹殺にそういう意味を持たせたに違いない。

現代の都市生活だって、感覚所与を徹底して利用しているではないか、と思った人もいるのではないかと思う。テレビを見たって、新聞を読んだって、会話をしたって、感覚を使わなければならない。ではヒトが「感覚所与を排除する」なんて、言えるはずがないではないか。

その通りである。いつだって、感覚は働いているに決まっている。ただしそれらの感覚所与は、都市生活では最小限にされる。それは右に述べたとおりである。都市では環境は統制され、できるだけ変化がないようにするからである。第二に、意味を持たないと思われる感覚所与を排除して、意味に直結するような感覚所与だけを残す。そこまで来ると、感覚を働かせているという意識すら、ほとんど消えている。夢中になってテレビの映像を見ている、スマホの画面を見ている、ということになる。その場合の理想的な状況は、すべての感覚所与が意味に直結することである。ふつうそれを情報と呼んでいる。意味に直結しない情報は、まさに無意味として、はじめから捨てられる。このことが、やがて自然選択説を呼び出してしまうのだが、それはのちの話である。

文字禍

言葉は通常意味を持つ。だから言葉の世界は意味の世界でもある。文字として与えられた感覚所与はまさにただちに意味に変換される。ただ時にそれが壊れる現象ないし症状がある。中島敦の『古譚（こたん）』（昔話、の意。早世したものの名作の多い作家、中島敦が「山月記」「文字禍」をこの書名で雑誌に掲載した）のなかに、「文字禍」という短編がある。アシュル・バニ・アパル大王の御世、老博士ナブ・アヘ・エリバは、大王の命により、文字の霊の追究を命じられる。

その中に、おかしな事が起った。一つの文字を長く見詰めている中に、何時しか其の文字が解体して、意味の無い一つ一つの線の交錯としか見えなくなって来る。単なる線の集りが、何故、そういう音とそういう意味とを有（も）つことが出来るのか、どうしても解らなくなって来る。老儒ナブ・アヘ・エリバは、生れて初めて此の不思議な事実を発見して、驚いた。今迄七十年の間当然と思って看過していたことが、決して当然でも必然でもない。彼は眼から鱗の落ちた思がした。単なるバラバラの線に、一定の音と一定の意味とを有たせるものは、何か？　ここ迄思い到った時、老博士は躊躇なく、文字の霊の存在を認めた。

これはおそらく中島敦自身の経験に依拠している。私も子どもの頃、これを経験したことがある。私は小学校入学直前に、左利きを矯正された。それまでは箸も鉛筆も左で持っていた。当時は軍隊があったので、学校でも左利きは許されなかった。日本軍には左利き用の銃なんてなかったらしい。そのためだと思うのだが、ある種の漢字がわからなくなる、という症状が生じた。

たとえば「短」という文字がいけない。「短」と書くと、矢が左なのか、豆が左なのか、わからなくなる。自分でこの字を書いて、じっと見ていると、ますますわからなくなる。そのうち、「短」という字そのものが、中島敦が書いた通り、バラバラの線に分解してしまう。私が若いころにこの短編を読んでいたく気に入ったのは、この体験があったからである。文字の場合ですら、感覚所与と意味はときに分離するのである。

客観的な現実なんてない

感覚所与まではいわば「客観」である。世界が変化したと伝えるだけだからである。動物はそれを頼りに生きている。問題はその次である。動物と違って、感覚所与に頼らなくなったとすると、ヒトにはなにかが起こったに違いない。それは何なのか。それが次章の主題となる。

科学は客観的だ。以前はそんな言い方をした。いまでもそう言う人があるかもしれない。客観とはなにか。感覚所与に依存することである。自然科学ではそれを実験という。現物、現実、モノなどというのは、ヒトの側から見れば感覚所与のことである。ここで引っかかった人は、「唯一客観的な現実」を信じているのではないかと思う。自分の外に、自分がいようがいまいが、唯一客観的な世界が存在している。ここでの私の議論はその前提を採用していない。世界をとらえているのは、あくまでもあなたの五感である。

科学実験の場合でも、感覚所与は通常ただちに意味に変換されてしまう。だから学校で科学実験を教わっている生徒は、まさか自分が感覚所与と意識の関係を扱っているとは思っていない。「実際に確かめている」などと考えるし、さらに先生からもそう教わる。

それがいけないというのではない。日常暮らしていくのに、地球が丸いと思い続ける必要はない。地面は平らだ、で十分である。それと似たようなことで、唯一客観的現実が存在するとしても十分に生きていける。でもある種のことを扱うには、地球は平らではなく、球であり、地面は平らではないとしないと、答えが出ない。

ガリレオのピサの斜塔での実験（ガリレオにより物体の落下法則の実験が行われたとされる）は有名である。頭で考えたら、重いものが先に落ちそうである。でも実際の塔の上から重い球と軽い球を落としてみると、両者はほぼ同時に地面に落ちる。この例ではなにが起こっているのか。意識つまり頭の中では、重い球が先に落ちる。ではというので、目で見てみると、重い球が先に落ちるわけではない。すなわち感覚所与が意識に反抗する。この時に感覚所与を優先しなさいというのが、実験科学なのである。

ただし自然科学の場合には、そうした実験以前に仮説がある。だからガリレオの実験でも、見物人が何人いたなあとか、天気がどうだったとか、だれかが大声を出していたなあとかいうことは、無視される。この実験の文脈では、そうしたことはすべて雑音である。だからこそ、ガリレオの実験を完全に理想化するには、真空を作り（空気抵抗をなくすため）、その中で「実験する」ことが必要だった。そこでは羽毛と固体がまさに同時に落下する。

感覚所与と意識の対立

ここで私がムダな議論をしている、と思った人もあろう。考えていただきたいのは、科学実験では感覚所与と脳内の意識が対立していると考えたことがあるか、ということである。ほとんどの科学者にとって、外界の実在はほぼ自明の前提である。ここでは私はその前提をとっていない。科学実験とは、自分の側から見れば、自分の感覚と意識の乖離（かいり）を、感覚優位で解消することなのである。「物自体を知ることはできない」という、カントに尋ねるまでもない（「物自体」とは、カント哲学の基本概念で、「本体」とも。感覚の源泉として想定はできても、あるがままに認識はできないものとした）。しかし外界の実在は脳が納得していることで、べつに「証明」されているわけではない。にもかかわらず、感覚所与を外界の実在の証拠としてとらえてしまう人がいかに多いか。

では感覚所与は意識より信頼がおけるのか。むろん、そうはいかない。たとえば視覚についてなら、心理学では数万例の錯視図形が記録されていることを考えてもわかる。自然科学が追っているのは、意識が正しいか、感覚所与が正しいか、ではない。内部の意識と、感覚所与と、両者の存在を認めた時に生じる、両者間の最良の対応関係なのである。

この議論がわかりにくいとしたら、ふつうは感覚所与を「現実」とか「事実」と呼び、意識を「理論」と呼ぶからである。理論を事実が訂正するのが科学実験なのだ、と。ここで私が述べているのは、どちらもじつは「我々自身がやっていることでしょ」ということなのである。

理論が頭の中にあるということはだれでも納得すると思うが、「現実」も頭の中にあるじゃないか、と言われると、「常識に反する」と思ってしまう。常識には反するかもしれないけれど、じつは私は現実も頭の中にあると思っているのである。だって自分の外に「現実」が存在しようがするまいが、それを「現実」と思っているのはあなたなんですからね。

「違い」を重視する科学とは

感覚所与が中心になっている科学の分野がある。それが分類学であり、解剖学である。生物多様性という表現に見るように、そこでは「違い」の発見が優先する。二十世紀の後半以降、こうした分野は「遅れた」分野、古臭い世界とみられることが多くなった。

次章に述べるように、「同じ」が追求される世界では、その種の分野は遅れていると見做(みな)されて当然なのである。むろんそれは偏見なのだが、そんなことを述べても、納得する科学者は少ないであろう。科学界はすでに社会システム化しており、その前提は現代の都市社会の前提すなわち「同じの追求」だからである。無意味な差異を列挙することに、いかなる意味があるのか。だって世界がそうなっているんだから、仕方がないでしょ。

虫好きが集まって酒を飲むことがある。虫にはあれこれ、おびただしい種類がある。分類学はそれにいちいち名前を付けて、整理する。名前を付けるには、あの虫とこの虫は違う、あっちはA虫で、こっちはB虫だ、と決めなければならない。

ところがここで問題が生じる。ある人はAとBは違うと主張し、Aにはすでに名前があるけれども、Bにはないから、Bは新種だという。それがどんどん進行して、いままでAだけだったものが、B、C、D、E、Fみたいになってきてしまう。そりゃ分けすぎだよ。「分けない主義者」はそういう。全部Aでいいじゃないか。「分ける主義者」は、でも見れば違うんだから、別種でしょうが、という。この議論を続けると、かならず喧嘩になる。そこが興味深いと私はいつも思う。

この本の文脈でいえば、「分けない主義者」は同一性つまり意識を重視し、「分ける主義者」は違いの存在、すなわち感覚所与を重視する。たとえ虫好きの酒席での議論とはいえ、じつはヒトの世界認識がそこには関わってくる。

分類学や解剖学のような「古臭い」分野は、常にこの問題を基本にしてきた。世界認識のいわば根本なのだから、そこでの食い違いは喧嘩になって当然であり、だから喧嘩をしていいのである。そこに「正解はない」からである。差異と同一性、それは人類の抱えるじつは大問題である。

私が話を大げさにしているのではない。現在の世界でいうなら、たとえば移民問題が典型であろう。移民は日常生活に差異を持ち込み、もとからいた住民がそれに反発する。おかげでイギリスのＥＵ離脱になったり、トランプ当選になったりする。どこまで差異を保ち、どこまで同一性を貫徹するのか。いまでは小学校で英語を教えるという。日本語も上手に使えない子に、英語なんか教えて、どうなるというのだ。そのうちグーグル（２０１７年６月の時価総額は６０００億ドル〈約66兆２４６０億円・当時の概算〉に達した。全世界で９割の人が検索エンジンとして利用するとも言われる）が立派な翻訳ソフトを創ってくれるよ。そういう意見が出る。

ここにも差異と同一性が一組の問題として表れている。いったい人類は全員が同じ言葉を使うのか、どこまで違う言葉を保存すべきか。

結論的にいえば、科学とは、我々の内部での感覚所与と意識との乖離を調整する行為としてとらえることができる。それが本書の主題の一つなのである。

3章　ヒトはなぜイコールを理解したのか

動物はイコールがわからない

まず結論からいこう。動物の意識にイコール「＝」はない。

小学校の算数で３＋３＝６などと習う。この時に「＝」という記号を覚えたはずである。これがわからなかった人はほとんどいないであろう。この程度の計算なら、チンパンジーだって簡単にできる。でもそれができるからチンパンジーが「＝」つまり等号を理解しているかというと、じつは理解していない。私はそう考えている。

三足す三が六になるということと、「３＋３＝６」とは違う。この二つは同じことだとふつうは思う。そう思うのは、あなたがヒトだからである。同じに決まってるじゃないか。以上終わり、である。

これがかならずしも「同じ」ではないことは、ヒトの場合でも、中学生の段階になるとわかる。私がいま書いていることを中学生が理解するという意味ではない。中学生になると、「＝」がわからなくなるヒトが出てくるからわかるのである。

ああ、なにがなんだか、わからなくなった。どういうことか、説明する。中学の数学になると、文字式が出てくる。方程式というヤツ。

$2x = 6$　ゆえに　$x = 3$

これがわからない。わからないというより、気に入らない。だってxは3ではないからである。

方程式を解いたら、

$a = b$

になった。これだともっと気に入らない。a＝bなら、bという字は明日からいらない。aと書けばいいじゃないか。そもそもaとbという文字は、わざわざ違うように作ったんですからね。

池田清彦の挫折と復活

あなたの子どもさんは、これほどヘソ曲がりではないと思う。でも中学生がここで数学をやめてしまう例がないではない。知り合いの早稲田大学教授、池田清彦は中学生の時に、はじめて文字式の出てくる教科書を読んで、わからなかった。しばらくしたら突然わかって、三年生までの教科書を全部読んでしまったという。わかるまでの池田はドウブツ的だったのである。「＝」が完全には理解できていなかったからである。

a＝bがわかったとする。でも動物はこれがわからない。なにがどうわからないのか。

a＝bならば、b＝aである。

これが動物にはわからない。わからないと私は思う。これを数学基礎論では交換の法則という。法則じゃなくて、当たり前じゃないの。そう、あなたはヒトだから、交換が当たり前なのです。動物は交換を理解しませんよ。

ネコがキュウリをくわえて、サルがウサギの死んだのを拾ってきて、あそこの市場で交換していた。そういう状況を見たことがありますか。それが可能になると、生態系はいかに豊かになることか。文化人類学者のレヴィ＝ストロースは、「人類社会は交換からはじまる」と述べた（らしい）。私はそれに対抗して、「人類社会はイコールからはじまる」といいたい。

「朝三暮四」と「朝四暮三」は違う

朝三暮四という四字熟語がある。サルを飼っていた宋の狙公が、サルに朝にはドングリを三つ、夜には四つやるといったら、サルがイヤだといった。ではというので、朝四つ、夜三つにしたら、それでいいといったという話である。一日に七つなんだから、同じことじゃないかと考えるのがヒトだが、じつは違う。ここにもみごとにa＝bならば、b＝aだという問題の理解が表れている。動物にとってはa＝bでもb＝aにはならない。だって、左辺だけ見たら、すでにaとbで「違う」んですからね。

以前から中国人はそこにサルとヒトの違いがあると、ちゃんと知っていたのである。

朝三暮四は目先の利益を優先するバカのこと、とするのが通常の解釈であろう。朝が三ではなくて、四になるからである。夕方のことなんか、知ったことじゃない。

でも私のように考えると、通常のそうした解釈は意味が限定されてしまっていることがわかる。狙公のサルは中学生以前の池田清彦だったのである。朝三暮四についての通常の解釈は、うがちすぎとも言えるし、浅すぎるとも言える。

イコールが生みだす「猫に小判」

a＝bとb＝aは明らかに違っている。見れば違いがわかる。

前の式では左にaがあり、あとの式では同じ左にbがある。違うじゃないですか。

それがなぜ「同じ」なんだ。それが動物の意見であり、中学生以前の池田清彦の意見である。朝三暮四という事例自体が、「感覚所与を優先する」という動物の特質をみごとに表現しているのである。

この「交換」が理解できると、次に何ができるか。交換にさらにイコールを重ねることが可能になる。これを等価交換という。そのための道具がお金である。お金を使うと、あらゆる商品がお金を介して交換可能となる。あなたの労働が給与やアルバイト代になり、それがお昼のカレーになったり、中古のパソコンになったりする。これって、考えようによっては、メチャメチャだと思いませんか。なぜ労働がパソコンに変化するのだ。

動物はこれが理解できない。うちのまるに一万円札を見せると、しばし臭いを嗅いで、すぐに寝てしまう。これを昔の人は「猫に小判」といった。動物はお金つまり等価交換をまったく理解しないことを、昔の人だってよく知っていた。「猫に小判」になってしまうのは、動物にはイコールがないからなのである。

等価とは「価値が同じ」ということで、交換も同じということだから、等価交換では同じが二重に使われることになる。「同じ」が一つだって動物にはわからないのだから、「同じ」が二重に使われるお金は、もっとわからなくて当然であろう。「金がすべて」だという人が時にいるが、それは「すべてのものは交換可能だ」といっているのである。そういう人はまさに「頭の中に住んでいる」。感覚はいわば外の世界の違いを捉えるもので、それを無視すれば、「すべては交換可能だ」という結論になる。乱暴にいうなら、脳の中だけでいえば、すべてが交換可能である。なぜならすべては電気信号だからである。

ヒトは他人の立場に立つことができる

社会そのものに話を戻そう。動物の社会とヒトの社会は明らかに違う。「同じ」つまりイコールの理解が、ヒト社会を特徴づけてしまう。「同じ」つまりイコールつまり交換が、ヒト社会の特徴を創り出す。その意味でのヒト社会の特徴とは、どういうことだろうか。

自分の子どもが生まれた時に、同じころに生まれたチンパンジーの子を探してきて、兄弟みたいに一緒に育てた米国の研究者がいる。ヒトとチンパンジーの発育を比較した（１９７０年代に行われた「プロジェクト・ニム」のこと）のだが、生後三年までは、どう見てもチンパンジーが上だった。運動能力は高いし、何をするにしても気が利いている。ところが三歳を過ぎて、四歳から五歳になってくると、ヒトはどんどん発育が進むが、チンパンジーは停滞してしまう。身体はもちろん発育するのだが、頭がダメなのである。その頃にヒトとチンパンジーを分ける、なにかが現れるに違いない。

認知科学者はこの問題を追究した。三歳から五歳までの間に、ヒトとチンパンジーを分けるなにかの能力が出現するはずである。それはなんだろうか。簡単な実験でそれを確かめることができる。これを認知科学では「心の理論」と名付ける。

例えば三歳児と五歳児に舞台を見せておく。舞台には箱Aと箱Bがある。そこへお姉さんがやってきて、箱Aに人形を入れ、箱に蓋をして行ってしまう。次にお母さんが登場する。お母さんは箱Aに入っている人形を取り出し、箱Bに移してしまう。さらに箱Bに蓋をして、舞台からいなくなる。

次にお姉さんが舞台に再登場し、舞台を見ている三歳児、五歳児のそれぞれに研究者が質問をする。お姉さんは箱A、箱Bのどちらを開けるでしょうか。

三歳児なら、箱Bと答える。なぜなら人形がいま箱Bに入っていることを三歳児は知っている。ところが三歳児にとっては、自分の知識がすべてなのである。それなら姉さんは人形が今入っている箱Bを開けるに決まっていると思ってしまう。お姉さんの頭の中がどうなっているのか、そんなことは考えない。

五歳児はどうか。五歳児ならお姉さんは箱Aを開けると正解する。なぜならお母さんが箱Bに人形を移したのを、お姉さんは見ていない。「お姉さんは人形が箱Bに移されたのを見ていないのだから、元の箱Aに入ったままだと思っているに違いない、ゆえに箱Aを開ける」と正解するのである。

ここでなにが起こっているか、それは明らかであろう。五歳児はお姉さんの立場に立つことができる、つまり「自分がお姉さんだったら」と、お姉さんと自分を交換できるのである。三歳児ではまだそれができない。だから自分が箱Bに人形が入っていると知っている以上、お姉さんもそれを知っていると単純に決めてしまう。それを知らない人は、三歳児にとっては、要するにただのバカなのである。三歳児であれ、チンパンジーであれ、まったくの自己中心なんですなあ。

動物社会がボス支配となるのは、おそらくそのためである。利害が対立する局面で、相手の立場を考慮しなければ、必ず喧嘩になる。喧嘩になれば、強い方が勝つに決まっている。ニワトリに至っては、十羽いれば、一番から十番まで、突つきの順位が付いてしまう。もっとも六番とか七番になると、どっちが上だったか、わからなくなるので、あらためて時々突つきなおしてみるらしい。

ヒト社会はかならずしもボス支配にならない。しかもいずれ民主主義に行き着くはずなのである。なぜなら人間は平等だからである。平等とはたがいに「同じ」人間じゃないかということであり、たがいに交換可能だという意味である。

世界に一つだけの花

だからこそ逆に、SMAPは「世界に一つだけの花」と歌った。「世界に一つだけの花」は交換可能ではない。なぜ花なのかというと、花は見るもので、つまり感覚的な存在だからである。ヒトを感覚で捉えたら、平等どころの騒ぎではない。みんなそれぞれ違うに決まっている。だから「世界に一つだけの花」はその意味では当然である。

その当然をわざわざ歌い、それがヒットするのは、当然が当然ではない社会だからである。つまり違いを主張する感覚所与が排除されている社会だからである。

ヒトの意識は「同じ」という機能を持ち、それによって動物とは異なるヒト社会を創り出した。むろんヒトであれ、動物であれ、社会は意識が創り出す。その中でも、とくにヒト社会を私は脳化社会と呼んできた。それは脳の機能である意識が創り出す社会という意味である。

そろそろとりあえずの結論を出そう。動物もヒトも同じように意識を持っている。ただしヒトの意識だけが「同じ」という機能を獲得した。それが言葉、お金、民主主義などを生み出したのである。

心の理論及びそれが発展した機能について、心理学では「心を読む（mind-reading）」と表現することがある。ここではその表現は使わない。交換はいわゆる操作的な概念であって、交換さえ想定すれば、「心を読む」必要はない。私はそう考える。自分が相手の立場だったら、どうするか。それはあくまでも自分についての思考であって、相手の心を読んでいるのではない。心理学者が「心を読みたがる」のはよくわかるが、「読んでいるのは自分だ」というチェックは常に必要であろう。

4章　乱暴なものいいはなぜ増えるのか

「an apple」と「the apple」

たとえばリンゴと言ったとする。聞いているほうは、ああリンゴか、と思う。ここでいうリンゴはどんなリンゴか。黄色いのか、青いのか、切ってあるのか、木になっているのか。

どれでもない。でもリンゴだとわかっている。話した方も、聞いた方も、わかっていると思っている。でもどんなリンゴなのか、具体的にはわからない。それぞれに思っているリンゴの絵を描かせたら、みんな違うリンゴを描くに違いない。

それでも「お前の言っているリンゴは、俺の考えているナシのことだろうが」という文句を言う人は誰もいない。おたがいに「同じリンゴというものを考えている」ことになっている。

つまり言葉、ここでは概念が成立するために必要なことは、リンゴについてそれぞれが同じことを考えている、という前提である。でも「同じことを考えている」という保証はもちろんない。とりあえず頭の中を比べるわけにはいかないからである。だからそこに存在しているのは、リンゴという発音に示されている暗黙の「同じもの」だということになる。

数学的なイコールの世界だけではなく、概念についても、ヒトは意識の持つ「同じにする」という能力に頼っている。ただしリンゴという音、もしくは文字によって、「同じもの」の範囲をとりあえず限定して伝えている。動物に「同じ」がないとすれば、当然ながら概念もない。その意味でも動物には言葉がない。

でも具体的なリンゴは全部違う。そっくりなリンゴが二個置いてあっても、二個あるなら、置いてある場所が違うから、違うリンゴに決まっている。それを「違う」と認識するのは感覚である。見なけりゃなりませんからね。見たら、リンゴだとわかる。でも感覚で捉えたリンゴは、一つ一つ違う。

ここでやっと、英語で最初に習う問題が出てくることになる。

an apple
the apple

である。an apple は概念としてのリンゴ、つまり頭の中のリンゴ、the apple は感覚で捉えたリンゴである。an apple は同じリンゴ、頭の中のイメージとしてのリンゴ、the apple はそれぞれ違うリンゴ、それしかない独自のリンゴ、といってもいい。

私は小学生の時に、英語を習った。鎌倉市立御成小学校である。当時はまだ終戦後間もなかったから、だれかが「これからは英語だ」と思って習わせたのであろう（余計なことだが、東大の解剖学の大先輩、西成甫（にしせいほ）先生は、第一次大戦時ドイツに留学していた。日本が連合国側に参戦して、おかげで敵国人として刑務所に入れられた。大戦が終わって放免され、船で引き揚げるとき、だれかが船上で「これからは英語だ」といったらしい。それを聞いた西先生はカッと頭に来て、エスペラント〈国際共通語として1887年にポーランドのザメンホフによって提案され、その後整備されていった人工言語〉の勉強を始められたという。私が大学院生のときには、まだ西先生は生きておられて、有志とともにエスペラントを相変わらずやっておられた)。

小学校の担任の先生は軍隊帰りで、敵国語の英語なんか、できるわけがない。女の先生が来てくださって、英語を教わった。そのときに an apple と the apple の違いを知った。でもじつは先生の説明の半分はわかったが、あとの半分が理解できなかった。それで長いこと、記憶しているのである。私は教わったことがよくわからないと、いつまでもしつこく覚えているという悪癖がある。

the apple について、先生は「あのリンゴ、このリンゴ、そのリンゴ、具体的なリンゴですよ」といわれた。これは良くわかった。当時はまだ食糧難が続いていたから、具体的なリンゴはとても重要だった。でも次の an apple についての説明はこうだった。

「どこのどれでもない一つのリンゴ」

これがわからなかった。それって、どんなリンゴじゃ。わからないから、この説明はしつこく私の頭に置いてあった。で、あるとき気が付いた。似たものがあるじゃないか。

「どこのだれかは知らないけれど、だれもがみんな知っている」

月光仮面のおじさんである。なるほど、どこのどのリンゴか知らないが、だれでもみんな知っているリンゴがan appleなんだな。

日本語の助詞

続いて、この区別は日本語にもあると気が付いた。

「昔々、おじいさんとおばあさんがおりました。おじいさんは山へ柴刈りに、おばあさんは川へ洗濯に」

「が」が付いてくるおじいさんとおばあさんは、「どこのだれかは知らないけれど、だれもがみんな知っている」おじいさんとおばあさんである。でも「は」が付いてくる「おじいさん」は柴刈りに行くんだから、現代ではめったに見ない、きわめて「特定のおじいさん」である。「おばあさん」も今では洗濯には家の洗濯機を使うに決まっている。川へ洗濯に行くのは、よほど不便な田舎住まいの「おばあさん」であろう。それならザ・オジイサン、ザ・オバアサンじゃないか。日本語は、定冠詞と不定冠詞の代わりに、「は」や「が」のような助詞を利用して、冠詞の機能を代用しているらしい。冠詞は名詞の前に置かれるが、助詞は名詞の後に置かれる。だから全然違うものじゃないか。そういう疑問を持った人は、ギリシャ語を勉強してくださいね。ギリシャ語では、冠詞は名詞の前後、どちらにあってもいいのである。脳から見れば、これは同時並行処理に違いない。

中国語の特性

この区別がまったくない言語がある。中国語である。冠詞も助詞もないから、単語が並んでいるだけ。日本語にある動詞の変化、「行かない、行った、行く、行けば、行け」もない。漢字だけがひたすら並ぶ。あの漢字一つ一つを、文字ごとに決まった音に変えていけばいい。

中国語の世界では、意識の中の概念としての「同じ」リンゴと、感覚で捉えた「違う」リンゴの区別が、言葉の中にない。冠詞も助詞もないからである。馬という漢字を書いたら、つまり馬なのである。それでわかったように思う歴史的事実がある。それは「白馬は馬にあらず」という、公孫龍（紀元前320年〜250年ごろの哲学者、論理学者、政治家）の白馬非馬説（当時は詭弁とも称されたが、概念と概念の間を明確にする論理として再評価されつつある）である。

馬は概念的な「同じ」馬、つまりア・ウマだが、白馬になると、白という感覚が正面に出てしまうから、白馬は感覚が捉えた馬、つまりザ・ウマともいえる。公孫龍はこの点を問題にしたのであろう。

政府が馬に税金をかけようとしたときに、白馬非馬説を持ち出して、税金を払わないと頑張った人がいたという話があって、公孫龍の意見は現代では詭弁として片付けられがちだが、私はそうではないと思う。問題は中国語が、冠詞や助詞が担う、意識と感覚所与の違いを示す機能を欠いているところにある。

中国語に冠詞や助詞がないことと、朝三暮四や白馬非馬説が存在することは、関係があるに違いない。冠詞や助詞があれば、意識のいう「同じ」と、感覚がいう「違う」の問題は、言語の中でほとんど無意識に解消されてしまう。でもそれらがない中国語の世界では、このことが問題としてあえて意識化されざるを得なかったのではないだろうか。

ザ・ウマといえば、「それぞれ違う馬」であり、ア・ウマといえば、「どこのどの馬かは知らないけれど、だれもがみんな知っている馬」である。その馬に明確な定義があるわけではない。馬を百科事典で引けば、さまざまな馬が出てくるはずである。でもだれかがウマといったときに、そんなに多様な馬全体を意識しているわけがない。あんたも知っている、私も知っている、あの「同じ」馬なのである。その馬の正体をはっきりとは言えない。だから百科事典ができてしまう。調べだすと際限がなくなる。実際の馬には感覚所与が絡んでくるからである。

すべての馬の特徴を含んだ、理想的な馬が存在する。それをプラトンは「馬のイデア」と呼んだ。「馬のイデア」とは、「馬のあらゆる性質をすべて持っている、理想的な馬」である。実在するのはこの「イデアとしての馬」である。じゃあ、そこにいるその馬はなんなのか。「イデアが不完全に実現されたもの」に過ぎない。具体的な馬とは、イデアの仮の姿である。

意識と感覚の衝突

プラトンは史上最初の唯脳論者だった。つまり頭の中の馬、意識の中の馬こそが実在する、といったからである。理屈で考えたら、それで正しい。だって頭の中で馬を思い浮かべた時、その馬が存在することは疑えないからである。現に目の前に馬がいなくたって、頭の中に馬はいる。それこそが実在じゃないのか。

デカルトはすべてを疑うという当時の風潮に対して、「われ思う、ゆえにわれあり」といった。自分が考えていることだけは、まず認めなきゃならないだろうが、というわけであろう。

カントは物自体を知ることはできない、と述べた。われわれに与えられているのは、感覚所与しかないからである。白馬が白いとしても、それは馬の「色を見ている」だけである。馬の体重を計ったとしても、それは体重計の目盛りを見ているだけではないか。馬自体とはいったいなんなのだ。そう思えば、確実に存在しているのは、頭の中の馬だけじゃないですか。

西洋哲学はプラトンにつけた脚注だといわれる。プラトンが行った議論がヘンなのではない。冠詞を使っていると、プラトン式の議論が生じて当然なのではなかろうか。公孫龍は冠詞のない中国語を使っていたから、詭弁として片付けられてしまったのであろう。ここでの問題は感覚所与と意識の関係である。感覚は違う、違う、これとあれとは違うといい続け、意識は同じ、同じ、あれもこれも同じにしようといい続ける。その矛盾こそが、いわば西洋哲学を成立させた。

こうした議論が中国哲学では別の形で表れる。それが白馬非馬説であり、朝三暮四であろう。中国語には冠詞がないから、この種の議論は俗諺（ぞくげん）として存続する。でもこれらの表現が残ったということは、長い中国の歴史の中で、いわばイデア論に気づいていた人がいたからであろう。この問題がどこから来たのかといえば、プラトンのせいでも、公孫龍のせいでもない。ヒトの意識が「同じ」という機能を持ったからこそ、動物の時代からあったはずの感覚所与と衝突するだけのことである。それならこの問題はたかだか二十万年来の問題だというしかない。現代人が発生し、現代人のような脳を持ってから、ほぼ二十万年経っているからである。

乱暴なことをいいやがって

乱暴なことをいいやがって。ものごとを単純にいうためには、乱暴にいうしかない。いうというのは、言葉を使うということであって、言葉を使うとは、要するに「同じ」を繰り返すことである。それをひたすら繰り返すことによって、都市すなわち「同じを中心とする社会」が成立する。マス・メディアが発達するのも、ネットが流行するのも、結局はそれであろう。グーグルの根本もそれである。われわれはひたすら「ネッ、同じだろ」を繰り返す。なぜなら言葉が通じるということは、同じことを思っているということだからである。動物はたぶんそんな変なことはしていないのである。

注記しておくが、定冠詞、不定冠詞の具体的な用例はおびただしい。だから前述の説明に当てはまるとは限らない例もあってもちろん不思議はない。ここで述べているのは、冠詞のような言葉が発生した歴史的な「そもそもの始まり」である。いまでは言葉は日常的にイヤというほど使われるから、「そもそもの始まり」などは、ほぼ意識されていないであろう。

別な話だが、マーク・ピーターセンは『日本人の英語』（岩波新書）の中で a chicken,

chicken, the chicken という例を挙げている。そこでは英語を母国語とする人は chicken を考えるときに、不定冠詞、冠詞なし、定冠詞というカテゴリーがまず頭に浮かび、それから chicken という語が出てくると書いている。

これはたぶんヘンである。おそらく同時並行に違いないと私は思う。ただし本人の意識の中で、順序がついてしまっている可能性はある。それは日本語を母国語とする私が、名詞が頭に浮かんだ「後に」助詞が浮かぶ、と思うのと似たことであろう。その意味では、自分のこととはいえ、意識は意外に当てにならないのである。こういう順序で考えています、と本人が言っても、脳の中で実際にそうなっているという保証はない。このことは脳科学の実験ではよく知られていることである。「正確な答え」が知りたい人は、脳機能を細かく、きちんと調べてみるしかないであろう。でもまあ、そんな暇はない。そういわれてしまうと思う。

サル真似の根拠

いまでは神経科学でミラー・ニューロン（他者の動作を目にしたときに、自身の動作であるかのように反応する神経細胞）というものが知られるようになった。「同じ」を考えるときに、この種のニューロン（神経細胞）の存在は重要である。ニューロンそのものが重要というより、脳と脳との間で「同じ」が成立するための生物学的な根拠、さらには考え方の実例として重要なのである。

最初にこの種のニューロンが発見されたのは、サルの脳である。脳の各部分が何をしているのか、それを調べるために、研究者はサルの脳に電極を刺したままにしておく。ちょっと気の毒だが、まあ仕方がない。脳に刺し込まれた電極の近くのニューロンが活動すると、電位の変化が記録される。いつそういう活動が生じるか、それはわからないから、電位の変化があれば、ブザーが鳴るようにしておく。ブザーが鳴ったら、サルがなにをしているか、それを見に行く。サルのその行動と、電極を刺した脳の部分の活動には、関係があるはずだからである。

ある日ブザーが鳴った時に、研究者はサルが見ているところで、アイスクリームを食べていた。それを見たサルの脳の一部が活動した。ではアイスクリームに反応したのか。そこでサルにアイスクリームをただ見せてみると、べつに脳は反応しない。研究者が食べると反応する。ではアイスクリームを食べることに反応するのだな。そこまではいい。じつはサルにアイスクリームを見せるだけではなく、食べさせてみると、脳の同じ部分が活動したのである。

つまりサルの脳のこの部分は、だれかがアイスクリームを食べているのを見ても、自分が食べても、「同じように」反応するわけである。研究者の脳とサルの脳は「違う」脳である。それが「アイスクリームを食べる」ことについて、見るだけでも、自分で食べても、「同じように」反応する細胞が存在する。昔からサル真似というけれども、いわばその根拠が見つかったことになる。

「誰でもわかる」のが数学

こうしたニューロンの存在は、ここまで述べてきた概念の説明にとって、都合がいい現象である。言葉の例でいうなら、「リンゴ」という音に対して、相手も自分も、脳の同じ部分が活動する可能性があるからである。このことは、一個のニューロンという単位に限らない可能性がある。多くのニューロンの集団をとってみても、似たことが起こるかもしれない。それが言葉を成立させる上で、重要だった可能性が高い。しかもミラー・ニューロンが見つかった部位は、ヒトでいえば言語を扱う領域に近いのである。ただしヒトの脳はサルのように実験するわけにいかないから、実証は簡単ではない。そのうちしだいにわかってくるだろうと思う。

ひたすら「同じ」を繰り返す学問が数学である。数学者の津田一郎は『心はすべて数学である』（文藝春秋）という本を書いた。なぜなら数学は誰にでも理解可能だからである。むろんほとんどの人は数学の大部分を理解しない。しかしそれは理解する気がない、あるいは理解しても意味がないと思い、さらにはなんでそんなことを考えなきゃならんのか、と反発するからである。数学の問題を考えるくらいなら、テレビでも見たほうがマシ。それが普通の人の日常であろう。

とはいえ数学の問題を仮に本気で考えたとすると、なんとピタゴラスの定理は誰にでも証明できてしまう。だから、と津田は言う。数学は万人に共通ではないか、と。それこそがいわゆる普遍的真理であろう。そうとしか言いようがない。それならそれは普遍的に宇宙に存在していいのであって、あんたの頭の中だけにあるのではない。それが津田を代表とする数学者の考えである。

ここで大切なことは、「誰にでも同じように証明できる」ということである。数学はじつは「同じ」の中心に居座っている。リンゴが三つ、ナシが四つある。すべてのリンゴは、それぞれ違っているにもかかわらず「一」として「同じになる」のである。馬一頭も、ヒト一人も、リンゴ一個も、数学ではすべて一である。数学と「同じ」の関係はそう単純に整理できるものではない。しかしヒトの世界には数学が存在し、それが「頭の中」にあることは、ほぼすべてのヒトが理解していることであろう。その中を貫徹しているのが、「同じ」という原則である。

数学の大きな特徴は、それが誰にでも「わかってしまう」ことである。「わからないよ」という声が聞こえるが、その理由はすでに述べた通り。原理的には、筋道をたどれば数学は誰にでもわかるということになる。私は数学のこの性質を強制了解と呼んできた。ピタゴラスの定理に反抗してもムダなのである。それなりの手間暇をかけさえすれば、誰にでもわかってしまうからである。

つまり数学は「すべてのヒトにとって同じ」なのである。動物たちがほとんど数を理解しないことは、朝三暮四の例でもわかるであろう。イコールも数も、動物にはおそらくきちんと理解できない。繰り返すが、それは要するに動物の意識には「同じ」というはたらきがほとんどないからである。

5章　「同じ」はどこから来たか

5章　「同じ」はどこから来たか

ヒトの脳の特徴と「同じ」

ここまで説明して、どうやらヒトの意識の特徴が「同じだとするはたらき」であり、それで言葉が説明でき、お金が説明でき、民主主義社会の平等が説明できる、ということになった。ヒトが頭の中でだけ共有する概念はすべてそれだ。そんなこと、できてないよ。そう思う人はそれでいいのである。私はこの説明で満足してしまったからである。あなたの頭の中までは、責任が持てない。

でも「同じ」にしても、「違う」にしても、まだまだ説明が必要であろう。なぜかというと、概念どうしだって「違う」からである。これはかならずしも感覚的な「違い」

とはいえない。リンゴとナシは違う。それは感覚的な違いでもあるし、概念どうしの違いでもある。これが抽象名詞、たとえば正義とか公平になると、大問題になりかねない。抽象名詞は典型的な概念だから、「同じ」でいけるはずだが、そうは問屋がおろさない。お前の言い分は間違いだとか、公平性に欠けるとか、ややこしいことが起こる。なぜって、「それぞれの概念は同じ」という前提にしてあるだけで、たしかに言葉としては「同じ」だが、脳の中身のチェックはされていないから。

そもそもどうして「同じ」というはたらきが生じたのだろうか。ヒトの意識だけに同じというはたらきが生じたのだから、それはヒトの脳の特徴と関係しているに違いない。ヒトの脳の特徴とはなにか。大脳皮質がやたらに肥大したことである。それも新皮質と呼ばれる部分である。

ここで多少なりとも、脳の解剖学を説明する必要がある。できるだけ簡単にするから、ご辛抱いただきたい。

脊椎動物の脳を、棒の先に丸い飴玉が付いたように想像してください。棒はつまり脊髄と延髄で、その先の玉は中脳などを含む、中心部分である。大脳皮質はその飴玉の外

〈大脳皮質〉

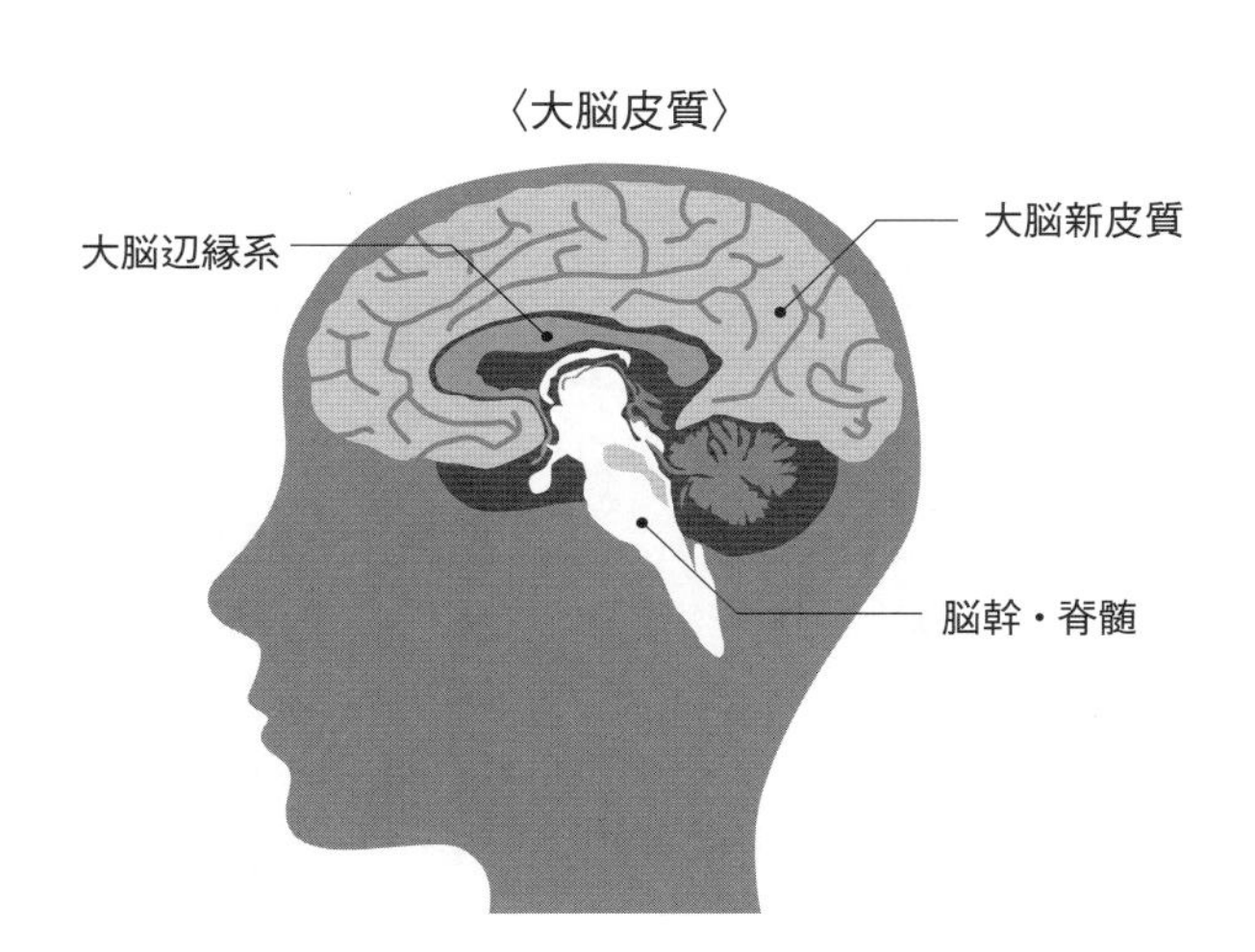

側を包む丸い紙だということにする。飴玉に紙が貼りついているわけ。ところがその紙が大きくなった。そうなると、貼り付けても余ってしまうから、どうしたかというと、紙を皺だらけにした。中心の飴玉が同じ大きさでも、紙に皺を寄せれば、相変わらず飴に貼り付けることができる。だからヒトの脳は皺だらけなのである。

この紙が大脳皮質で、この紙を二次元に平たく伸ばしたとしよう。実際の大きさは、ヒトの脳なら、新聞紙一枚分になるという。その広げた紙の周辺部を大脳辺縁系、中心部を新皮質という。ヒトの脳では、新皮質が大きくなった。つまり紙の中心部だけが勝手に伸びてしまったのである。辺縁系は進化的には古い部分で、動物の時に比べて、それほど大きくなったわけではない。新皮質という紙の前半分は運動系、後ろ半分は知覚系である。

なぜ新皮質がとくに大きくなったのか。それは発生時に脳の原基となる神経管の先端だからであろう。神経系を管とみなすと、その管の先端が大脳で、そのさらに先端が大きくなった。先端は簡単に大きくすることができる。途中を大きくするのは、動物の身体を考えた場合、既成の街に道路を通すようなことになるから、話が厄介である。しかし先端を変えるのは、そこだけ考えればいいから、発生や進化の上で都合がいい。

視覚、聴覚、触覚という三つの感覚を例にとるとする。そのどれもが、下位の、つまり末梢に近い中枢からはじまり、順次情報処理を受けて、最後に新皮質まで上がってくる。視覚でいうなら、網膜でまず処理され、続いて中脳、次に視床に行き、そこから新皮質にやっと到着する。そこから先は新皮質のなかで順次波のように広がっていく。これにも部位分けがきちんとできていて、私が現役の解剖学者だったころには、すでに皮質内の視覚の領野は二十を超える小領域に分割されていた。その紹介なんて、当時から私にはできませんでしたよ。

新皮質には、末梢からの情報が、視床のような中継を経て、最初に新皮質に入ってくる部分がある。それを視覚、聴覚、触覚、それぞれの一次中枢という。その先は新皮質の中でさらに処理を受けるから、二次、三次となるはずだが、そこはよくわからないので、まとめて高次の中枢などと呼ぶ。

ヒトとチンパンジーの僅かな差異

さてその一次中枢の大きさだが、これはじつはヒトで特別に大きくなる理由がない。というのは、視覚系なら、ヒトの目玉が特別大きくなったというわけではないからである。

チンパンジーとヒトとは、遺伝子でいうなら、九十八パーセント以上、同じである。だからチンパンジーの目玉とヒトの目玉は、基本的に違わない。それなら視覚の一次中枢までは、大きさもほぼ同じとみていい。

ではヒトでなにが起こったかというと、大脳新皮質の中で、一次中枢より先がむやみに広がったのである。ここの部分は、一次中枢とは異なり、末梢からの情報が入ってくるわけではない。周辺の皮質からの入力があるだけである。まさに「頭の中」というべきであろう。一次中枢は末梢からいわば支配されるが、一次中枢の周囲には、まだまだ余裕があるということになる。以前はこうした一次中枢の間に介在する部分を連合野と呼んでいた。

新皮質はじつは基本的に同じ構造をしている。幅数ミリの小柱、コラムと呼ばれる構造の繰り返しである。新皮質を縦に切って顕微鏡で見ると、六層構造を示すのが原則である。それが新皮質の組織学的な定義でもある。辺縁系はそうした一定の構造を示さない。部位によって組織構造が違っている。新皮質では、要するにコラムという似たような単位構造が横に並んで、新皮質という一枚の膜、ここの比喩では紙を作っている。一つのコラムを縦切りにすると、六層構造が見える、ということになる。

視覚と聴覚がぶつかると

視覚の一次中枢から聴覚の一次中枢までを、皮質という二次元の膜の中で追ってみよう。視覚、聴覚の情報処理が一次、二次、三次中枢というふうに、皮質という膜を波のように広がっていくとすると、どこかで視覚と聴覚の情報処理がぶつかってしまうはずである。そこに言葉が発生する。

なぜか。言葉は視覚的でも聴覚的でも、「まったく同じ」だからである。というより、ヒトはそれを「同じにしようとする」。ここに書いていることを、だれかに読んでもらうとして、耳だけで聞いても、自分が目で読んだ時と、同じ日本語で、同じ内容である。つまり目からの文字を通した情報処理も、耳からの音声を通した情報処理も、言葉としてはまったく「同じ」になる。それなら脳の中では視聴覚両方の情報処理過程が「同じになる」場所があるはずで、それは視覚の一次中枢からも離れており、聴覚の一次中枢からも離れているはずである。それが言語中枢であろう。

もう一つ、「同じ」になる根本的な理由がある。それは目からの情報も耳からの情報も、脳の中では神経細胞の興奮という電気信号に変えられてしまうからである。目からの信号と、耳からの信号も、要するに電気信号になってしまうのだから、両者がぶつかるところでは、どちらも「同じように」扱われるはずである。だから脳の中では目と耳がつながってしまう。まさに連合野である。目という文字と、メという音を、「同じ」ものとして扱うことが可能になる。

漢字と視聴覚の関係

視聴覚の言語が「同じ」になることについては、「同じにする」という構成的な要因が大きかった可能性が高い。そのことは、漢字の歴史にもはっきり表れている。漢字の始まりはアイコンである。アイコンとは「元のものの感覚的な性質を一つでも残した記号」である。ところがアイコンはやがて抽象的な記号に変わっていく。象という文字は、もともとは象のマンガだった。しかしそれがどんどん象から離れて、いまでは象という漢字から象の感覚的な姿を想像することはできない。なぜそうなるかというと、象という文字が象の視覚的な感覚性を残していても、それは聴覚には理解不能だからであろう。象の形は目にしかわからない。そういうものを言葉の中に入れることをヒトはなぜか嫌う。

同じことが聴覚でも起こっている。聴覚の一次印象を残した言葉は、欧米文化圏では

〈「象」がマンガから文字になるまで〉

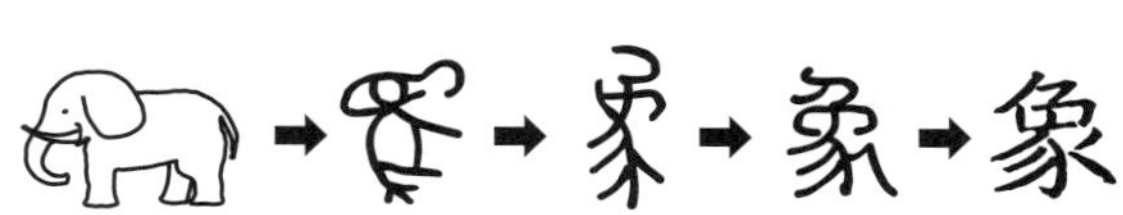

幼児語とされ、排除される。ワンワン、ニャアニャアの類なら、日本語でも同じ扱いになる。ただし日本語ではオノマトペが多用される。ここは面白いところで、議論を続けることも可能だが、本題から逸れるので、とりあえずここまでにしておく。

アイコンを徹底して嫌う文化がある。それはイスラム文化である。モスクに行って驚くのは、すべての模様が幾何学模様だということである。これを偶像崇拝の禁止と普通は片付ける。しかしこの場合の偶像は神仏の像に限らない。イスラム社会は先に定義した意味での偶像=アイコンを排除するのである。ということは、たとえば言葉の中に、オノマトペや感覚寄りの単語が少ないであろうことを予想させる。私はアラビア語ができないので、正解はわからない。

西欧の中世にアラブの文化は大きな影響を与えた。プラトンやアリストテレスはアラビア語から西欧に逆輸入される。アラブは当時、先進文明だったのである。

例えば医学では、解剖学はアラブから西欧に輸入された。血液循環の原理は西欧医学ではウィリアム・ハーヴェイの発見とされるが（1628年、生体解剖によって心臓や血液の運動の解剖生理学的研究を行うことで血液の循環を明らかにした。当時は賛否両論だったそうだが、「近代実証的生理学」の基礎となったとされる）、アラブ医学ではすでに発見されていたという。この時代のアラブ文化には、感覚的なものが多く含まれていたはずである。そうでなければ、自然科学は発展しないからである。要するにアラブの文化は都市文明として、一つの極に至っていたと考えられる。

「同じ」のゴールは一神教

視覚、聴覚、触覚は、それぞれ独立に言葉を創ることができる。でもお前はそれを連合するのが言葉だといったじゃないか。そういう人がいるかもしれない。

個々の感覚に特有な言語が仮にあったとしよう。でも他の感覚からの入力が当然そこに入ってきてしまう。それならこの三つの感覚は、脳の中では結局独立には存在できない。聴覚言語を使っていても、文字のない時代の人は、さまざまなものを「読んだ」に

〈脳と言葉〉

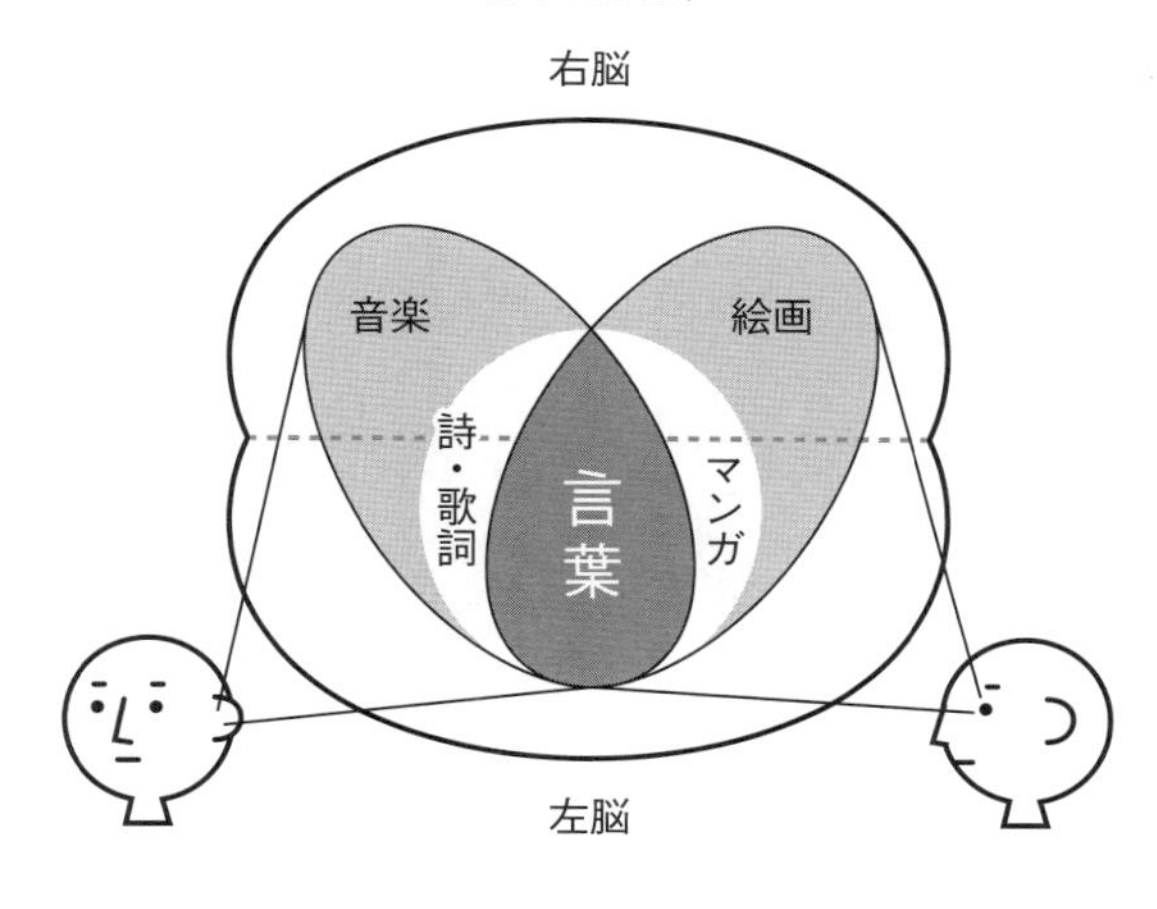

違いない。私はそう思っている。だから星座などという奇妙なものが見えたのであろう。しかも感覚が連合された言語のほうが、あきらかに脳を広範かつ整合的に使ったはずである。すでにアイコンの排除の箇所で述べたように、視覚や聴覚のみに依存する言語部分は、歴史的に言語から排除されていったに違いない。そうすることによって、ヒトは近代言語を手に入れたのである。

「同じ」を繰り返すことで、感覚所与の世界から離脱し、一神教に至ることが可能となる。それは後の図（113頁）に示したとおりである。無限に多様ともいえる感覚所与の世界から、「同じ」という手続きを繰り返すことによって、ピラミッドの頂上にすべてを含んだ唯一の存在を構成できるからである。この手続きを実際に踏んでみる必要はない。数学的帰納法についてと同じで、同じ手続きを頭の中で繰り返せばいい。八百万の神々はこのピラミッドの底辺に位置する。

ここでは、視覚と聴覚を使って、ヒトがなにかを伝達する行為をまとめておこう。それは二つの楕円を一部重ねた図になる。楕円の一つは目からの情報処理を示している。もう一つの楕円は、耳からの情報処理である。二つの楕円は新皮質のレベルを示し、二つの楕円が重なった部分が言語になる。視覚で文字をとらえて処理しても、聴覚で音声をとらえて処理しても、「同じ」日本語になるからである。

ところが耳の領域でも、目の領域でも、重ならない部分が存在している。耳の領域ではこれが音楽であり、目ではこれが絵画である。音楽は耳でしかわからないし、絵画は目でしかわからないからである。それでも、両者が「ヒトがヒトになにかを伝える」ものであることに変わりはない。換言すれば、表現行為と呼んでもいい。

この図をさらに検討すると、目の領域でいうなら、言語を示す楕円の重なった部分と、

〈アイコンといえば温泉マーク〉

海外の人にとっては「温かい料理」を示す
日本のマーク（左）と国際規格（右）。
言葉の分節性と絵画の性質を持つ

絵画を示す楕円が重ならない部分の間に境界線がある。この境界に位置するのが、マンガであり、アイコンである。ちょっと先に、つまり楕円が重ならない部分に行けば絵画になるし、重なる部分に行けば言語になってしまう。マンガやアイコンは明瞭になにかを限定して伝えるという意味では、言語の分節性に近い性質がある。しかし視覚の感覚所与を意味付けに利用しているという面では、絵画に近い性質を持つ。温泉のマークを思えば、わかりやすいだろう。

動物には言葉が要らない

耳の領域では、この境界線上に、なにがあるのか。それが詩であり、歌詞である。詩や歌詞は、一見言語のようにも思われる。しかしじつは言語とは言えない面がある。歌詞の意味が不明でも、外国語の歌をちゃんと歌うことができる。むろん上手下手の話はさておくことにする。

ブローカ野（脳の運動性言語中枢）の障害で、言葉が話せない患者さんがいる。このような場合、相手の言葉は理解できるのだが、自分で話すという「運動」が障害されている。ところがこういう患者さんでも、医師が童謡を歌ってやると、それについていって、童謡を歌うことができる。言葉だとそれもできないのである。

詩や歌詞が単なる言語ではないことは、だれでも気づいていると思う。詩や歌詞はまさに言語と音楽の境界線上に位置している。「君のひとみは10000ボルト」なんて言ったら、物理の先生に叱られる。神経細胞の活動電位はミリボルト単位でしかない。

ややこしい話で申し訳ないが、この重なった二つの楕円の上に、さらに左右の脳を重ね描きできる。楕円の重なった部分を左脳、重ならない部分を二つ含めて、右脳に当てはめればいい。左脳は言語脳であり、右脳は音楽、芸術脳である。ずいぶん乱暴なまとめ方で、専門家には叱られそうだが、こうでもしないと、説明がややこしくなって、どうにもならない。この乱暴な絵で、結構いろいろなことが整理できるのである。

同じように視聴覚の境界線上にあっても、詩や歌詞は高級だが、マンガは下級である。そんな印象がないだろうか。最近はクール・ジャパンとかいって、マンガやアニメの地位が向上してきた。それはこれまでマンガが詩や歌詞より貶められてきたことと関係しているはずである。

マンガはくだらないと言われてきたが、詩や歌詞にも同等にくだらないものは山のようにある。私の描いた図の上では、視聴覚それぞれの境界線上に位置するという意味で、まさに両者は同等である。ただしヒトの感覚入力には、視覚のほうが大きい量を占めている。それで視覚的なマンガのほうが、いわば割を食ったのであろう。より詳細にわかるものは、より文句をつけられやすいのである。

ここまで説明して来れば、言葉は「目と耳とを同じだとするはたらき」だと、納得いただけるのではないだろうか。動物はそんなことは夢にも考えない。考えないだろうと思う。目で見たものと、耳で聞いたもの、それが「同じ」なんて、とんでもない。その意味でも、「動物には言葉がない」のである。

6章　意識はそんなに偉いのか

金縛りになる理由

意識は照明のように、ついたり消えたりする。照明と同じように、明るくなったり、暗くなったりもする。はっきりしているときと、ややうすぼんやりしているときがある。さらにスポット・ライトのような性質を持っている。あるものに集中すると、そこだけに意識という光が当たり、他のものは無視される。

カメラ・アイという特殊な視覚がある。目で見た情景を、写真のように記憶してしまう。英国の神経学者にして医師の、『妻を帽子とまちがえた男』などで知られるオリヴァー・サックスが紹介している十代の絵描きさんは、クレムリン宮殿の前に数分立っていただけで、ロンドンに帰ってから、クレムリン宮殿の細密画を描いた。

　おそらくこの例では、スポット・ライトに相当する意識のはたらきが欠けている。そうすると往々にして全体がとらえにくくなる。だから逆に、この青年は普通の人が普通にできることでも、できないことがあった。いわゆる知的障害である。動物の視覚は、むしろカメラ・アイが普通ではないか。私はそう思っている。チンパンジーもそうである可能性が高い。

　カメラ・アイには、聴覚での絶対音感に通じるところがある。網膜に映ったものが、すべてそのまま頑として脳の中に居座ってしまう。絶対音感でいうなら、音の高さがとりあえず万事を支配する。ヒトはその段階を抜けて、いわば「上から目線」で世界を見るようになった。「同じだとする」能力も、その典型であろう。こうした能力を「抽象化」と呼ぶこともある。

　意識という「照明」はついたり、消えたりする。眠ると消えてしまい、起きると点灯する。死んだら意識はもはや戻らない。眠るときに、われわれは明日目が覚めると思って眠る。でも寝ている間に心筋梗塞やくも膜下出血で死んでしまうかもしれない。それがわかるのは他人だけである。「俺は心筋梗塞で死んだなあ」。本人の意識はそれに気づかないはずである。

目が覚めると、意識が戻る。むしろ意識が戻ることを、「目が覚める」というのである。なぜ意識が戻るのか。意識は自分で戻ろうと思って、戻るわけではない。いわば勝手に戻る。だから勝手になくなる。頭を思い切って叩かれると、意識不明になる。しばらくすると意識が戻るが、これはもちろん意識が「そろそろ戻ろうか」と思って戻ったわけではない。身体の都合、脳の都合で戻る。つまり意識の有無に関して、意識は基本的に主体性がない。自身の存在は完全にあなた任せ、身体任せである。

ところがそのくせ、意識があると、その意識は自分がいちばん偉いと思っている。思っているのが普通である。だから意識は「身体を動かすのは自分だ」と思っている。身体が勝手に動いたり、意識の命令に従わなかったりすると、意識は仰天する。

金縛りという現象がある。目が覚めたのに、身体が動かない。それが初めての経験だと、意識はびっくりして、パニックを起こすこともある。この場合、意識は戻っているが、運動系のはたらきが完全には戻っていない。意識のスイッチは入っているが、運動系のスイッチがまだ入っていない。

意識のスイッチは意識が入れるのではない。だから人によって、スイッチの入るタイミングが普通の人とはズレる場合がある。それが金縛りである。臨死体験も似たものとされている。夢の場合も同じである。

睡眠にはレム睡眠とノンレム睡眠がある。時間的にはレムとノンレムが交互に繰り返しながら、最後に目が覚める。夢はレム睡眠の間に見る。だから目が覚めるタイミングがレム睡眠のときだと、本人は「いま夢を見ていたところだ」という。ノンレム睡眠のときに目が覚めると、今日は夢なんか見ていないという。なんということはない、レム睡眠の間に見た夢を覚えていないだけである。

臨死体験の場合には、いちおう意識のスイッチが入っているらしいのだが、意識自体はまだ完全な覚醒には至っていない。だから外から観察すると、意識がないように見える。でも本人はそこで三途の川を見たり、きれいなお花畑を見たりしているらしい。医者に臨終だといわれて、奥さんが懸命に背中をさすっていたら、一時的に意識が戻ったという人の話を、その奥さんから聞いたことがある。

意識が戻った本人は、病室の壁を見て、せっかくきれいな世界を見ていたのに、なんでこんな汚いところに戻らなきゃならんのだ、と文句を言ったという。

臨死体験をする人しない人

臨死体験をするのは、すべてのヒトではない。理由は明白になっていないが、臨死体験をするような人は、意識が戻るタイミングが普通のヒトとは少しずれているのである。こういうヒトは白昼夢を見ることもある。夢なのだが、ほとんどそれが現実としか思えない。金縛りの場合は運動系がまだ寝ているのだが、白昼夢の場合には、感覚系がまだ寝ているのである。だから外界からの入力が意識に上らない。でも意識や記憶は覚醒しているので、脳の中だけの活動である夢が、現実になってしまう。

意識は脳の部分的なはたらきに過ぎない。少なくとも人生の三分の一は意識がないからである。私が教えていた学生には、授業時間中に一時間半にわたって、まったく意識がない場合もあった。しかし面白いことに、覚醒しているヒトの脳と、寝ているヒトの脳とでは、消費するエネルギーがほとんど違わない。呼吸や循環もそうだが、脳は死ぬまでひたすら休みなくはたらいている。意識がある時だけはたらき、その時にだけ特別にエネルギーを使う、というわけではない。

じゃあ、寝ている間、脳はなにをしているのか。意識がいちばん偉くて、「自分を支配している」と思っている人は、そこを不思議に思うであろう。意識が特別にエネルギーを消費し、それで疲れたから寝るのだ。そう思っていると、寝ていたって、起きているときと同じように、脳がエネルギーを消費する理由がわからなくなる。

この根本は簡単なことだと私は思っている。意識とは秩序活動だからである。秩序の反対は無秩序、つまりランダムである。意識はランダムなことをすることができない。

意識にランダムなことができないのは、サイコロを見ればわかる。あんな簡単な道具が、人類社会が発祥して以来、存在している。賭場の壺振りが「これからランダム・モードに入ります」と宣言して、丁半賭博をすることはできない。

ランダムに近いのは、酔っ払いの歩行で、これを英語でランダム・ウオークということがある。でもこれも完全なランダムではない。しかも本人は徹底的に秩序的に歩いているつもりなのである。「つもり」とは意識で、意識は秩序的だからである。でもちゃんと歩けないから、あっちへよろよろ、こっちへよろよろ、ランダム・ウオークになる。

脳は図書館のようなもの

意識は秩序活動だと述べた。ところが熱力学の世界では、自然界に秩序が発生すれば、その分だけ、どこかに無秩序が発生しなければならない。熱力学の第二法則である。「エントロピーは増大する」とも表現される。これをきちんと説明すると、本一冊になっても終わらない。ここではそういうやかましい話ではなく、直感的な理解で議論を進める。

意識は間違いなく脳から発生する。それなら脳で秩序活動が起こっている分、無秩序が脳内に発生するはずである。それなら脳はその無秩序を片付けなければならない。乱暴にいえば、だから寝るのだ、ということになる。寝ている間は意識という秩序活動がない。その間に脳はエネルギーを消費して無秩序を解消する。そのエネルギーは、秩序活動を生み出すのに使われたエネルギーとほぼ同じになるはずなのである。

図書館を例にとろう。朝九時になると、図書館が開いて、人が次々に来る。つまり目が覚めたわけである。来館者は本を棚から勝手に取り出し、机の上に放り出して帰っていく。これが日常の脳の情報活動である。夕方になると、もはや机はいっぱいで、本棚はあらかた空になっている。そこで図書館は閉まる。つまり皆さんは寝てしまう。閉まった図書館の中では、司書たちが本を片付けて、元あった位置に順次戻していく。エネルギー的に考えれば、利用者が本を出してきたエネルギーと、司書が片付けるエネルギーが見合うことになる。

現代人は意識の世界に生きている。だから秩序正しく生きる。新幹線は時間通りくるし、山手線が三分遅れると、謝罪のアナウンスが流れる。じゃあわれわれは本当に秩序を立てることができるのか。

部屋の掃除を例にとろう。一週間放置しておくと、部屋の床にはゴミやホコリがランダムに散らばってしまう。そこで掃除機を持ち出して、ゴミを吸い取ってしまう。ランダムなゴミが消えるから、たしかに部屋の床は秩序が高くなる。

でも掃除機の中を考えてみよう。先ほどよりも明らかにゴミが増え、しかもそれがランダムに積み重なっているはずである。この操作をしばらく続けると、掃除機がいっぱいになってしまう。仕方がないから、掃除機の中身をゴミ箱に捨てる。そのゴミ箱も、放置すればいっぱいになる。だからやがて自治体の収集車が来て、ゴミを運び出す。

ゴミ箱の秩序は戻るが、車の中はゴミだらけである。それを焼却炉で燃やす。すると燃えるゴミ、つまり炭素を含んだ高分子が、水と炭酸ガスという小さい分子に変化する。こういう小さい分子は、いままでは高分子の中に秩序的に固定されていたのだが、いまや自由自在に外界を飛び回る。つまり外界にランダムな分子運動が増える。しかもその過程で掃除機はエネルギーを使い、結局は水と炭酸ガス分子を増やす。結論はなにか。部屋がきれいになった分だけ、ランダムな分子運動が増え、おそらくそれで世界は温暖化するのである。

意識が秩序活動だということは、この例でもわかる。だってヒトは意識的に掃除をし、それで世界の秩序を高くしたと思っているからである。思っているのは意識である。でもよく見たら、つまり宇宙的に観察すれば、意識は秩序を増やしてなんかいない。これが意識的世界の根源の問題である。

じゃあ、掃除するなというのかよ。そういうことではない。掃除したから、世界の秩序が増したと思ってはいけない。それだけのことである。部屋の秩序が増しただけである。その分の無秩序は外界に排出されたのである。だから自治体がお金をかけて片付けるのでしょうが。その先は地球温暖化で、そこまで行けば、部屋を片付けている人の知ったことではないのである。

秩序を増やそうとする人が多いことはしみじみ感じる。だから熱力学には人気がないのであろう。高校の物理では熱力学の第二法則は教えない。たぶん教えないと思う。学校くらい、ヒトが秩序的にふるまおうとする社会は少ない。そこで熱力学なんかきっちり教えたら、どんな生徒ができるか、わかったものではない。

でもやっぱり、秩序は限定された空間の中でしか成立しない。ここにもいわゆる自然破壊の根本的な問題が隠れている。文明とは秩序であり、それを大規模に作れば、自然には無秩序が増える。それを自然破壊と呼ぶのである。

意識に科学的定義はない

意識はべつに偉くない。単に「そういうもの」なのである。なぜ意識について考えるかというなら、それが引き起こす害を防ぐためである。私はそう考えている。

米国で国際意識科学会が発足したのは一九九四年のはずである。その時はまだ哲学者や宗教家まで、学会に入っていた。いまでもそうかどうか、私は知らない。当時はまだ意識は自然科学の対象ではなかった。二十一世紀に入った現在では、意識を科学論文の主題として扱うことができるようになった。

私は若いころから意識に関心があったが、勉強する機会がなかった。臨床医学の対象である患者さんにはふつう意識があるが、解剖学が対象とする遺体には意識がない。意識があるのは、解剖をしている私のほうだけである。仕方がないから、その状況であれこれ考えた。でもその分は論文にならない。解剖学について考えても、それは哲学でしょ、といわれてしまう。この本も意識を扱っているわけだが、たぶん多くの人が哲学の本だと勘違いすると思う。

じつは意識に科学的定義はない。意識全体は扱いにくいので、多くの神経科学者は意識を複数の機能に分割する。そうすれば、意識に関する多くの疑問は部分的に解決していく。そうなったときに最後に残るのは、なんだろうか。そんなふうに考えていくのである。

意識の科学的定義がないのだから、ここでは仮に定義をしておくしかない。

私の定義は簡単である。

どんな動物であれ、寝たり起きたりしていれば、意識がある。動物が生きていて、寝ていないときには、意識がある。要するに寝ていなきゃあ、意識があるとしておこう、ということである。

この定義なら、脊椎動物は少なくとも意識があることになる。魚でも寝ることははっきりわかっているからである。昆虫はやや問題だが、寝ることに関係する遺伝子が見つかっているので、それなら意識があるとすべきであろう。一寸の虫にも五分の魂である。

意識に科学的定義がないことに、多くの人が気づいているのか、気づいていないのか、私は知らない。しかしヒトの活動のほとんどは意識に基づいている。自然科学もまた、意識の産物である。その意識が自然科学を生み出し、それを学んだ人が「科学的に証明された事実」などという。そういっているヒトの意識を含めて、自然科学の根底をなす意識自体は、科学的かどうか、不明なんですけれどね。

医学部の私の後輩は、麻酔科の教授に、「麻酔薬を投与すると、なぜ意識がなくなるのですか」と訊いて、先生の機嫌を損ねたらしい。脳からどのように意識が発生するのか、その機構はよく知られてはいない。

脳は電気的活動をしているが、意識は電気じゃないですよね。熱でもない。アインシュタインの方程式、$E=mc^2$（質量mに光の速度cを掛けて二乗したものがエネルギーEとなる方程式。エネルギーと質量は等価であるということで、相対性理論の帰結ともいえる）に意識は含まれていないであろう。むしろこの方程式が成立する場として、意識が存在しているのである。

意識の分割

意識研究の王道は、意識をさまざまな細かい機能に分割し、それぞれを調べていくことであろう。いわゆる還元論的な方法である。還元論とは、物質は分子からできており、分子は原子から、原子は素粒子からできている、というふうに、より下位の要素の集合として、なにかを説明する方法である。

アルファベットを例にとると、還元論の長所と短所がわかりやすい。DOGと書けば、イヌである。でもDにも、Oにも、Gにもイヌは含まれていない。ところが三つの文字を順序正しくつなぐと、突然イヌになってしまう。その順序を逆にすると、今度はGOD、神様に変身する。

意識が科学的によくわかっていないのは、それを構成する要素が多いために、きちんと整理されていないからである。一つ一つの要素を科学的に調べていけば、いずれは「意識」などという曖昧な言葉は消えてしまうはずだ。たとえば米国の神経内科医であるラマチャンドランは、典型的にその立場をとっている。とりあえずはそう考えておくのが、常識的な立場であろう。科学者の世界にも、通りがいいはずである。

これとは逆の立場をとることもできる。意識がなければ、この本を書くこともできないし、読者が読むこともできない。それだけではない。生きているということは、「意識みたいなはたらき」と根本的に関係しているのではないか。原核生物であれ、真核生物の細胞であれ、それぞれに「意識のもと」みたいなものが、ごく微量かもしれないが、含まれている可能性がないか。こうした立場を汎心論（はんしんろん）と呼んでもいい。哲学者では、オーストラリアのデーヴィッド・チャーマーズがそうである。

もし意識がすべての基本にあるとするなら、そういう存在を、他のものに依って説明することはできない。それをそのまま認めるしかない。そうした「意識のもと」が特に強く表れるのがヒトの意識である。夢野久作は「考えるのはすべての細胞であり、脳髄は電話の交換局に過ぎない」と述べた。作家の直観である。

津田一郎が「心はすべて数学である」というときに、明らかに意識の普遍性に言及している。宇宙のどこであれ数学が成り立っているという感覚があるとすれば、それはほとんど意識の遍在だというしかない。内田樹はしばしば「霊的な」という表現を用いる。たとえ政治でも、それが欠けてはいけない（『街場の天皇論』東洋経済新報社）。政治家は具体的な計算ばかりして、本人はリアリストのつもりでいる。それで万事がうまく行くと思っているけれども、じつはうまく行かない。内田の言う「霊」にも、普遍としての意識の存在が感じとれるように思う。

そんなもの、計測できないじゃないか。リアリストとしての政治家であれ、素朴実在論をとる科学者であれ、そういうであろう。『ダンゴムシに心はあるのか』（森山徹、P

HPサイエンス・ワールド新書）という本を書いた研究者がいる。理屈は簡単である。生きものが完全な唯物論的機械であるなら、そのように行動するはずである。それならダンゴムシがそう行動するか否か、それを見てみればいい。これは実験条件がむずかしい。そこを詳しく論じる気はないけれど、わかる人にはわかるはずである。結論はもちろん、ダンゴムシにも心はあるというものだった。

意識を計測する方法をわれわれはまだ持っていない。計測手段がないということは、しかし、意識が存在しないことを意味するわけではない。ヒト自身にとっては、現に意識はあるとしか言いようがないのだから、いつまでも意識をタブーにしておくことはできないはずである。

還元論的に意識を分解していけば、そんなものは消える。そう考えてもいい。すべての細胞には「意識のもと」が含まれている。そう考えてもいい。私は正解を知らない。結論は後世に任せるしかないであろう。

7章　ヒトはなぜアートを求めるのか

芸術は解毒剤である

「同じ」に立脚する文明社会に、「違う」ものはないのだろうか。同じという機能を持った意識も、違うものがなければ具合が悪いと、暗黙のうちに知っているに違いない。だから文明とともに生じるヒトの典型的行為があって、それがアート、すなわち芸術となる。いうなればアートは「同じ」を中心とする文明世界の解毒剤ともいえる。

ピカソの絵画の完全な複製を創ったとしよう。現代のあらゆる技術を動員すれば、ピカソの絵が鑑賞者に与える影響を完全に「同じように」与える模写が可能であろう。それでも多くの人はいうに違いない。それは模写でしょうが。

どうしてそこまでオリジナルにこだわるのか。芸術におけるオリジナルはほとんど絶対的である。どのピカソの絵であれ、とにかく「一枚しかない」。芸術が感覚からはじまる以上、それはいわば当然である。世界を感覚で捉えたら、同じものは一つもないからである。同じものが一つもない世界で、優れたもの、それを芸術作品という。同じものがないのに、どうしてなにかが「優れている」と言えるのか。同じじゃない以上、比較の方法がないではないか。だから例えばその基準は美なのである。

でもなにが美しいのか、その評価が一定していないことは、だれでも知っている。生前はだれも顧みなかったのに、作者の没後に売れる絵画がある。そこにはなにかの基準があるのだろうが、私には絵はまったくわからないといっていいから、その基準を知らない。ともあれ芸術であるかどうかは、相当程度に恣意的だと見做される。それでいいので、なぜなら、すべては違うという点に立脚する以上、本質的に一定の基準はないからである。

基準がなくても、それしかないという作品の独自性は、「同じ」という世界を解毒する。王侯貴族が芸術を好むのは、それでわかるような気がする。王侯貴族には単に余裕があって、高い金が払えるというだけではない。ふだん同じ世界を構築することに邁進(まいしん)しているから、「違う」を前提とする世界に触れたいのではなかろうか。

征服者は世界を「同じ」にする

王侯貴族を代表とする人たちは、世界を同じようにしていこうとする。征服する、版図を広げる。その行く末は物理的なグローバリゼイション、日の没することのない大英帝国である。それは他方で芸術を生み出す。「同じ」と「違う」、その二つのバランスが取れてしまうと、帝国の拡張は停止するのかもしれない。英国はどう考えても、芸術に優れた社会ではない。イギリス人がもう少し「芸術的」、せめてフランス人程度であったら、大英帝国は生じなかったかもしれない。

感覚から離陸してしまった美はあるだろうか。もちろんある。美を規定するのが脳の機能だとしたら、当然あるはずである。その典型は数学であろう。数学の問題の解に、美しい解と、いわば汚い解があることは、多くの人は知っていると思う。コンピュータで力任せに解いた解は、あまりきれいではない。きれいではないと私は思う。

科学上の理論は、しばしば美しいとされる。「真理は単純で、単純なものは美しい」。よくそう言われる。ただし私はたえず反論する。真理は単純で美しいかもしれないけれど、事実は複雑ですよ、と。感覚所与は多様だけれど、頭の中ではその違いを「同じにする」ことができるから、結果が単純になるんでしょ、と。

唯一神誕生のメカニズム

芸術は宗教とも関連する。情動に関わり、しかも一種の絶対性があって、それがどこか相通じるのであろう。その宗教にも「同じ」を中心とする一神教と、「違う」を認める多神教がある。その説明を私は図のように「同じ」を方法とする階層構造で説明する。

最底辺には、感覚で捉えられたもの、すべてが異なる実在がある。意識はそれに対して「同じ」という機能を働かせる。最底辺にリンゴ一個とバナナ一本があれば、クダモノと名付けて「一つにする」。クダモノと名付ければ、リンゴとバナナは「同じになる」からである。こうしてクダモノは階段を一段上がったところにあることになる。段を上がるための操作が「同じにする」という操作である。

さらに最底辺にコメが一粒あれば、クダモノの段から、階段を一つ高くしてコクモツ、そして、タベモノとする。そうなると、リンゴもバナナもコメも、タベモノとして「同じ」にできる。この階層は上に向かってどこまでも続けられることがわかるであろう。「同じにする」ことを無限に続ければいいからである。同じを一回使うごとに、階段を一つ上がる。では頂点にはなにがあるか。宇宙の具体的な事物のすべてを含んだ、唯一のものが位置している。これが唯一絶対神であろう。一神教が都市に発生したのは偶然ではない。私はそう思う。都市は意識が作るからである。

では最底辺を拝めばどうか。それが八百万の神である。具体的な事物は無限にあって、数えきれない。宗教では一神教が進んだ宗教だといわれることがあった。意識中心の世界では、そういう結論になるはずである。

すべてをまとめていって、最後にたった一つになる。ありとあらゆるものを拝んでしまっては、話にならない。知恵が進んでくると、ヒトはそう思うようになるのであろう。そして単純なものは美しく、唯一の神は美しい。そういうことになる。しかもそれは階段の頂点に位置するのである。

〈「同じ」の階層構造〉

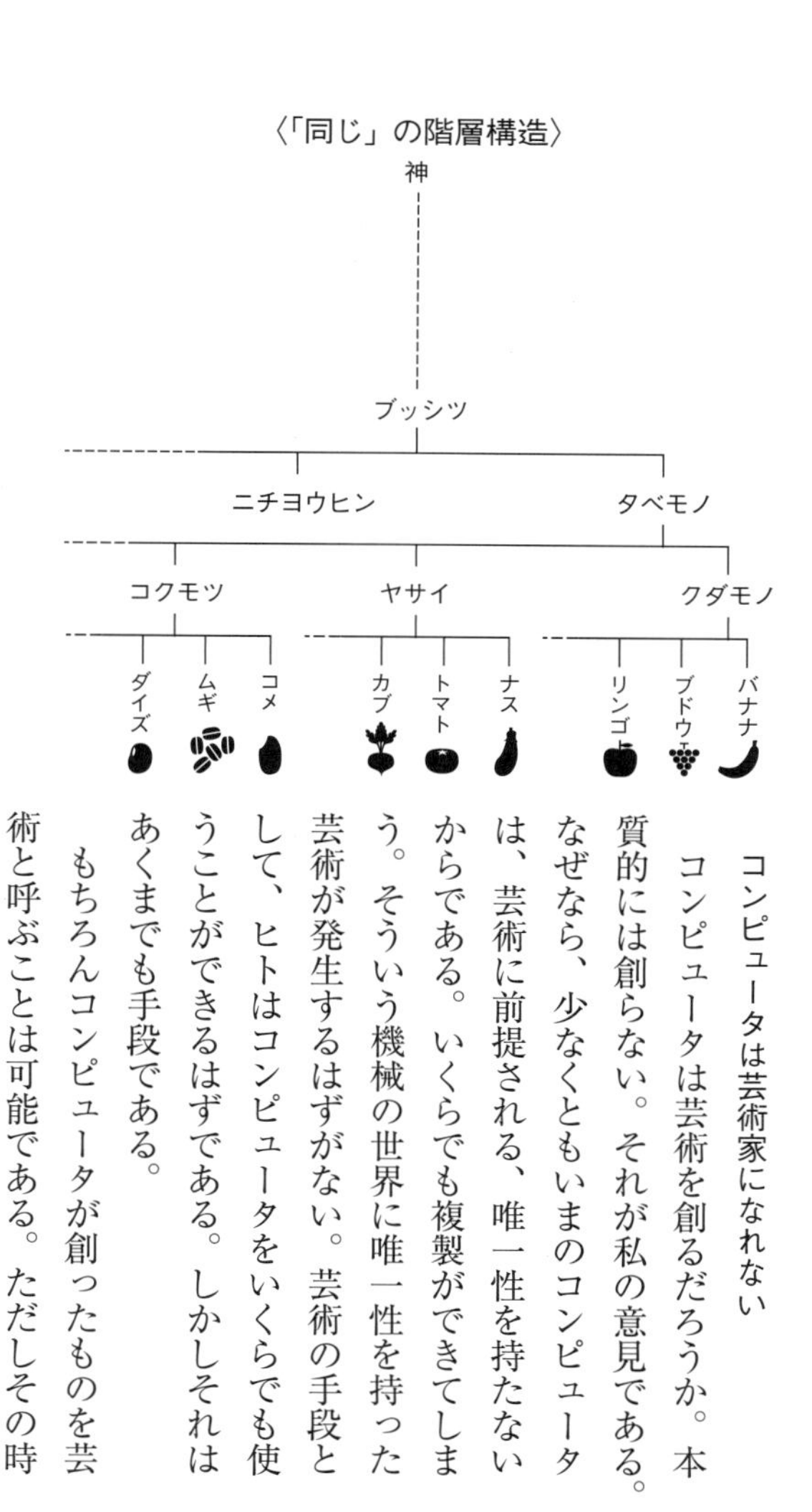

コンピュータは芸術家になれない

コンピュータは芸術を創るだろうか。本質的には創らない。それが私の意見である。なぜなら、少なくともいまのコンピュータは、芸術に前提される、唯一性を持たないからである。いくらでも複製ができてしまう。そういう機械の世界に唯一性を持った芸術が発生するはずがない。芸術の手段として、ヒトはコンピュータをいくらでも使うことができるはずである。しかしそれはあくまでも手段である。

もちろんコンピュータが創ったものを芸術と呼ぶことは可能である。ただしその時には、作品の唯一性が失われていることになる。それは現在の定義からすれば、芸術ではなく、なにか別なものになったというしかないであろう。

音楽の世界にも、このことはよく表れている。生演奏を頑なに守っているのは、そこに芸術の前提があるからであろう。現在の技術からすれば、生演奏なんか、いらないはずである。より完全な音楽を求めるなら、音を合成したほうがいいに決まっているではないか。そうしないのは、社会システムがまだついて行っていないからだと考えることもできる。

生演奏は強い

音楽の世界を完全にコンピュータで置き換えることを考えてみよう。すべての音楽はスマホやパソコンで配信される。アレッ、もうほぼそうなってるんじゃないの。いや、生演奏は捨てられませんよ。やっぱり録音とは違う。

その「違う」部分を技術でどんどん置き換えていけばいい。いわゆるバーチャル・リアリティーである。少なくとも私は、音楽が完全にコンピュータの仕事にはならないという論拠を発見することができない。音楽を意識という世界に閉じ込めると、完全にコンピュータ化できてしまうはずである。

音楽は意識で聞くものではないの？

違います。CDの出始めの時に、レコードを聞きなれたプロたちが、なぜかCDはダメだと主張した。深みがないとか、いろいろ言ったのである。筑波大の大橋力さんがそれを調べた報告を聞いたことがある。当時のCDはヒトに聞こえる範囲以上の周波数の高い音を、無用だとして除いてあった。そこで聞こえないはずの超音波を加えて、被検者の血圧を測定したら、超音波を除いた場合に比較して、有意差がはっきり出たのである。話は簡単で、音は耳だけで聞くのではない。身体だって振動する。それなら鼓膜は振動しないが、身体の別なところが振動してなんの不思議もない。

これは超音波に限った話だが、じつはそれ以外に、生演奏にはなにが含まれているか、わかったものではない。意識はわかっていないことは、ないこととして無視する。そしてすべてをゼロと一にしてしまう。だから私の芸術に関する結論は簡単である。芸術はゼロと一との間に存在している。

その「赤」は同じか

芸術作品の唯一性と深く関連した概念がある。それはクオリアである。クオリアを精細に論じると厄介なことになる。簡単に説明しようと思って、ウィキペディアを参照したら、エライことになった。説明の長いこと、長いこと。しょうがないから、詳しいことは茂木健一郎に聞いてくれ、というしかない。

クオリアは英語の質(quality)と関連している。語源はラテン語である。言葉の上では、クオリアは感覚の与える質感のようなものを指す。ただしこの質感は、他人に感知できない。子どもの時に考えたことはないだろうか。私が見ている赤色を、友だちはどういう色として見ているのだろうか。ひょっとしたら、私の見ている青の感じで受け取っているかもしれない。

この説明で即座にわかる人もいるだろうし、まったくわからないという人もいるかもしれない。学生の三分の一は、この話がわからない。そういう研究報告をした人もある。脳の回路が人によって違っているのかもしれない。

ともあれ、人がなにかを感じる時、その感じそのものを他人が感知することはできない。患者さんが痛い、痛いと言っている時に、実際にどう痛いのか、医者は体験できない。教師時代によくやったことだが、学生が「説明してください」という時に、男子の学生だったら、「説明したら、陣痛がわかると思うか」と言ってやった覚えがある。

現代社会のように、情報が溢れている中で育つと、すべては説明可能だといつの間にか信じ込む。少し意地が悪いと思ったけれど、私は言葉の限界についての無知を注意しただけである。クオリアは言語にならない。むしろ「感覚からわれわれが受け取るもののうち、言語化できない部分、ないし言語化しようがない部分をクオリアという」。そう定義してもいい。

すでに繰り返し述べたように、言語は「同じ」という機能の上に成立している。逆に感覚はもともと外界の「違い」を指摘する機能である。そう考えれば、感覚が究極的には言語化、つまり「同じにする」ことができないのは当然であろう。

そこをなんとか伝達可能にしようとする最前線の試み、それがアートだとも言える。

さらにはそこにアートという行為の一過性があり、まさに一期一会なのである。鑑賞者の側からしても、同じ作品から、つねに「同じ」感覚を受け取ったのでは、良い作品にはならない。

一期一会のパイプ

マグリットに「イメージの裏切り」という有名な絵がある。クリーム色の背景にまさにパイプが描いてある。ただしその下にフランス語で「Ceci n'est pas une pipe.（これはパイプではない）」という文章が記してある。たしかに絵なんだから、実際の「パイプではない」。次頁はそれをプリントした私のメガネ拭きだ。こんな商品が売られるほどに人気がある。

この絵を見るたびに、右に長々と議論してきたことが、みごとに示されているなあと思う。アートには面倒なことを一息に表現してしまうという、一期一会とはまた別な力がある。マグリットのこの絵はその典型である。

この絵をただの屁理屈と思う人もあるかもしれない。アートの面白さはそこにも表れ

〈これはパイプではない〉

ている。それをどう見るかによって、価値がまったく違ってしまう。私にとっては、この絵は書物の一冊分に相当する衝撃があるが、その対極には「ホウ、パイプの絵かあ」とただ思って終わる人もいるはずである。

この絵とクオリアにどういう関係があるのか。私はこの絵はむしろクオリアそのものを表現していると思うのだが、そう思わない人も多いはずである。でもそれは私の推測だから、本当にどうかはわからない。他人の頭の中はわからないからである。ホラ、すでにここにクオリア問題が多少とも顔を出しているではないですか。

マグリットの絵について、クオリアとの関連を論理的に丁寧に解説できるかもしれないとは思う。でもそうする気はない。なぜならアートについてそれをするのは、昔風の表現をすると、野暮の骨頂だからである。ただそこにそうやって置いておく。それがアートという作品である。「見る人の心に任せて」という紋切り型の表現があるが、そういうことになってしまう。あなたがどう見るかが問題なのであって、他人がそれをとやかくいう筋合いはない。

「心の理論」の項で、すでにちょっと触れた。われわれは他人の心を読んでいるのか、それとも自分を他人と交換して、そのうえで「自分なら」と、自分の心を読んでいるのか。「自分を相手と交換する」という操作だけあれば、あとはなにもいらない。クオリア問題を考えていると、そういう気もしてくる。

アートの効用

若い時に、私は心理分析に関心があった。でも中年以降、まったく無関心になった。自分自身が抱えていた心理的な問題があって、それが解決してしまったということもあるが、右のごとく考えるようになったからでもある。ヒトはそれぞれ、自分の心理についての専門家なのである。それを素直に認めたら、あとはアートを楽しめばいい。楽しくないなら、関わらなければいいのである。

ここにもう一つ、アートの効用が見えてくるであろう。対人関係なら、たえず相手を自分と交換して、相手がどう考えるかを推測しなければならない。アートにはその必要がない。作者の心を推測することはあろう。それでも別に構わないが、それをすると、対人関係に話が戻ってくる。それに疲れたから、アートを楽しむ。そういう人が多いはずである。そもそも作者が隣に立って、作品の意味をいちいち解説する。そんな芸術作品があるか。あったとしても、私はべつにそれを見に行き、聞きに行こうという気はない。何百年も昔の絵画が珍重される理由の根本はそれかもしれない。作者がしゃしゃり出てきて、余計なことを言う心配がまったくないからである。

数学が最も普遍的な意識的行為の追求、つまり「同じ」の追求だとすれば、アートはその対極を占める。いわば「違い」の追求なのである。それは直感的に多くの人が気づいているはずである。津田一郎式に表現すれば、「アートは数学的には誤差に過ぎない」

となる。

建築は意識と感覚のどちらに重きをおくか

意識と感覚の対立という話題を続けてきた。しかし両者はもともと対立するものではない。われわれヒトは世界をどう受け取るか。意識といい、感覚といっても、そのはたらきの一部に過ぎない。アートはしばしばその二つの繋がりに気づかせてくれる。私の場合なら、前述のマグリットの絵がそうである。

意識と感覚が相伴って、いわば正面に出てくるのが建築である。建築には実用という面があって、これはまったく意識的、人工の典型である。でも建築物はむろん実用一点張りではない。建築家の隈研吾に、虫塚の設計を頼んだことがある（神奈川県鎌倉市の建長寺の境内に、著者が建立した。毎年6月4日の虫の日には法要を行っている）。二つ返事で引き受けてくれたが、虫塚にはなんの実用性もない。まあ、広い意味ではお墓の一種かもしれないが、墓の実用性を考えるのもなかなか難しい。そういう議論をしなくても、建築がアートの一種であることは、おおかたの人が認めるであろう。

建築で問題になるのは空間である。ここで意識ではなく、感覚のほうに基準を置くとする。すでに述べたように、感覚はひたすら違いを指摘する。百人のヒトがいれば、全員が違うヒトである。同じように、向かい合って話をしているとき、お互いに見ているのは相手の顔である。ヒトはすべて、いつでも、互いに違うものを見ている。

「そうではないでしょう。同じ空間を共有しているんじゃないですか」

意識はそういう。

その空間とは、具体的にだれが見ている空間だろうか。二人が同じ部屋にいても、見ているものはかならず違う。相手の立ち位置に立てば、同じものが見えるかもしれない。でもそこでは時間がすでにずれてしまっている。

こうして考えると、共通に意識されていると思われる空間も、決して共通ではない。全員に共有されている空間、そういうものの存在を保証するのは、唯一絶対神しかいないであろう。アインシュタインの特殊相対性理論は、時間の絶対性を壊してしまった。空間も絶対ではないし、時間も絶対ではない。時空をとりあえず絶対だと思っていて大丈夫なのは、大地が平たいと思っておいて、ほぼ大丈夫だというのと、同じ程度のことである。

a=bが納得できない子どもがいる、とすでに述べた。同じように、共有空間が受け入れられないヒトもいる。いるはずである。少なくとも動物は、共有空間という概念を持たないに違いない。全員に共通する空間というのは、まさに「同じ」空間であり、動物に「同じ」はないからである。

建築家という職業は、共有空間の中に成立する。建築家が自分だけの空間を作ったら、商売にならない。

個人的にいうと、私はじつは共有空間の概念が弱い。だから部屋の設計ができない。新しく与えられた部屋で、どこになにを置くか、そもそもそれが上手に把握できない。あれこれ、実際にやってみるしかない。ましてや家全体の間取りなど、設計できるはずがない。そういうことはすべて、家内に任せる。自分はどうするかというと、与えられた部屋の、与えられた家具の中で、うまく生きようとする。その状況の中で、やりたいことができればいい。

共有空間を受け入れられない人や動物

坂口恭平という人がいる。もともと大学で建築を勉強したらしいが、これは間違いだった。なぜなら坂口さんはやはり共有空間の概念がほとんどないらしいからである。だからホームレスの段ボールハウスに興味を持ち、本を書いた。こういう「家」はまさに個人的なもので、共有空間ではない。「家」というより、「服」に近いものである。

通常の家というのは、共有空間と、個々別々の個人的空間が折り合わされている。それを意識と感覚と表現してもいい。共有性つまり意識が強い場所もあるし、個室のように個人性つまり感覚が強い場所もある。

こうした空間概念が文化によっても違うことを指摘したのが、エドワード・ホールの『かくれた次元』（みすず書房）である。アラブ人は自分の皮膚より内側だけが、自分の空間だ。この本にそういう記述があった。たとえばニューヨークの駅でベンチが空いていないけれども、自分が座りたいときには、座っている人のすぐそばに近寄るのだという。そうするとたいがいの人はそれを嫌って席を立つので、そこに座る。すでに述べたようにアラブ文明はある面でもっとも都市文明化しているので、共有空間以外の個人空間が皮膚の内側にしか存在しなくなったのであろう。

共有空間が受け入れにくいのは、a＝bが受け入れにくいのと似た現象である。共有空間を当り前だと思ってしまう人は、都市型の生活に適応がいいはずである。逆に個人空間しか存在しないのに近い人は、田舎暮らしが合うと思う。いわゆる方向オンチの一部は、共有空間の概念が弱い人を含むに違いない。

都市計画、建築設計、内装、机の置き方から病院の動線に至るまで、空間概念に関わる問題を私はきちんと論じるだけの学識経験を持っていない。ただこの分野を右に簡単に述べたような視点から考えること、つまり脳や意識から考えることは、ヒトの生活にとってきわめて重要であろうということは指摘しておきたい。

共有空間が成立するのは、ヒトの場合だけではない。アリ、ハチ、シロアリのような社会性昆虫や、ハダカデバネズミ（30年生きる場合もあり、寿命が長いことから近年注目されている）のように地下性で集団生活をする生きものも、機能的な共有空間を作る。ただしそれは概念的な共有空間ではないはずである。一定のやり方で次々に部分を作っていったら、いつの間にか全体ができてしまっている、というものであろう。スズメバチやアシナガバチの巣の作り方が典型である。

　こういう空間は一定の手順をひたすら繰り返すことにより、いわばアルゴリズム的に成立する。ファーブルのように、こうしたいわば固定された機能を、かつては本能と呼んでいた。ヒトはコンピュータを創り出し、あらためてヒトの世界に本能を持ち込んでいる。ヒトを虫にしているのである。

　むろんやっているヒトに、そんなつもりはないであろう。意識的に、本能よりはるかに高級なことをしていると考えているに違いない。

　でもさあ、考えてみてくださいよ。コンピュータは固定した手続きだけで動くんですよ。だから出来上がったものは、要するにハチの巣と同じでしょ。

意識の集合体が都市

　ヒトの場合には、建造物は上から目線で作られる。それが都市計画を含む、いわゆる設計である。この場合、感覚的な個人空間はすでに了解されたものとして扱われ、共有空間はその共通項を取り出したものである。これはまさにプラトン的概念、イデアの実現であろう。すべてのリンゴは違うリンゴだが、それでもリンゴなのである。

結局われわれはイデアを完全に定義することはできない。それをなんとかしようとして、リンゴという百科事典の項目ができる。それでもリンゴを疑いなく定義できるということにはならない。リンゴという項目がひたすら長くなるだけである。やがてそれは「リンゴはリンゴだろ」というところに落ち着くしかない。イデアは脳の中にしかないのだから、結局は循環せざるを得ないのである。ここでは感覚世界と意識との、乖離というしかないものが表れている。これをふつうは現実と理念という。

個人的に私は都市空間が苦手である。その理由はおそらく右に述べたことにある。都市空間こそがヒトの住む空間である。それに納得がいかない。それは当然で、一方ではこれが合理的、経済的、効率的だというアルゴリズム的な仕様があり、それらを統合すると称する理念があり、他方ではきわめて多くの住民の個人的空間がある。話がごちゃごちゃになって当然であろう。

8章　社会はなぜデジタル化するのか

昨日の私と今日の私

じつは「同じ」にもいろいろある。本章で考えようとする「同じ」は、「時間的に変わらない」という意味での「同じ」である。この「同じ」こそが、近代社会を貫徹してきた。さらにそれが最終的に情報化社会を生み出す。というのは話を縮め過ぎなので、以下でもう少し丁寧に説明しようと思う。

ここまで扱ってきた「同じにする」というはたらきは、感覚所与についてだった。感覚所与は「違う」けれど、われわれは頭の中でそれを「同じにする」。あのリンゴとこのリンゴを比較して、要するにリンゴだろ、と「同じにする」。

本章の「同じ」はそれとは少し違う。「昨日の私と今日の私は違う」と言ったとする。ところが昨日の私はもういない。現在時点の感覚では捉えられない。つまり「昨日の私」は直接の感覚所与に立脚していない。だから「今日の私」と「昨日の私」を比べる時には、感覚所与で捉えられる「今日の私」と、捉えられない「昨日の私」を比べている。ところがこの二つを「比べる」ときに、そこには「同じ私」がすでに忍び込んでいる。だって「私」という「同じ対象」を比べているからである。そもそも全然違うものなら、比べようがないではないか。

絶対音感のところで、特定の振動数に対して、内耳の特定の部分が共振し、聴覚の一次中枢の特定の神経細胞が反応する、と説明した。この時に、「同じ」振動数の音に対して、内耳の膜の「同じ」部分が共振し、聴覚中枢の「同じ」神経細胞が活動する、といってもよかったのである。

この時の「同じ」は、自分の机とか、自分の箸とか、まさにそれ一つしかない特定の事物についていう。絶対音感という、やや奇妙に思われる表現は、その意味を含んでいる。たとえば私の箸は、それ一つしかないんだから、考えようによっては、唯一絶対である。

このように、「同じ」には基本的に違う使い方が二種類ある。「同じ特定のあるもの」という使い方と、複数のものを「同じにする」という使い方である。ここまで論じてきたのは、複数のものを「同じにする」はたらきである。これは感覚所与に関係している。本章で扱うのは、「昨日の私」と「今日の私」のように、特定の事物についていう「同じ」である。これは感覚所与ではなく、時間に関係している。ここから先の話は時間の話といってもいい。

『平家物語』と『方丈記』の時間

鎌倉時代のはじめに『平家物語』と『方丈記』が成立している。この二つの書き出しは、どこか似ている。すべてのものは、時とともに移り行く。すなわち諸行無常である。要するにそう述べているからである。

個人的な好みだが、私は『方丈記』の冒頭が大好きである。鎌倉に生まれて育ったせいであろうか。折に触れてつぶやきたくなる。

行く河の流れは絶えずして、しかも、もとの水にあらず。淀みに浮かぶうたかたは、かつ消え、かつ結びて、久しくとどまりたる例（ためし）なし。世の中にある、人と栖（すみか）と、またかくのごとし。

鴨川はいまでも京都の街を流れている。でも流れている水は常に違う。いわば鴨川（という名称または概念）は時間の中で止まっているのだが、その実質である水はひたすら入れ替わる。「世の中にある、人と栖と、またかくのごとし」。ヒトも街も同じですよ、と。

現代医学では、われわれの身体は七年で物質的には完全に入れ替わるという。それなら、私なんか、すでに十一回半入れ替わっている。鴨長明はむろんそんなことは知らない。でも八百年前にはすでにその本質を知っていた。われわれヒトも、要するに鴨川でしょうが。いつも同じ自分であるようで、実質はじつは入れ替わっている。

平家物語はうたいだす。

祇園精舎の鐘の声、諸行無常の響きあり

祇園精舎は古代インドのお寺である。そこには無常堂という小屋がある。お坊さんが死を迎える時になると、この無常堂に移される。いまでいうホスピスであろう。無常堂の四隅には、玻璃の鐘が下げられている。臨終になると、この鐘がひとりでに鳴りだす。諸行無常、是生滅法、生滅滅已、寂滅為楽、と。

本当にそういう音がするのか、そう聞こえるだけか、そんなことは私は知らない。無常堂に行ったことがない。

鐘の音はいつも同じである。強くたたけば、大きく鳴り、弱くたたけば、小さく鳴る。でも鐘は剛体で、鳴るのは固有振動をするからである。剛体の固有振動数は、その剛体の性質で決まっている。それなら個々の鐘の音はいつでも振動数が同じはずである。

じゃあ、なぜ諸行無常なのだ。同じ鐘の音でも、聴く側の気持ちがいつも違っているからであろう。というような変なことは、私くらいしか考えないかもしれない。だから

どうでもいいのだが、古代インドの人は余裕があったんですねえ。こんな話を創ってみたりして。

「私は私」と意識はいう

西洋では諸行無常を古代ギリシャ時代に発見している。ヘラクレイトス学派の「万物(ばんぶつ)流転(るてん)」である。ギリシャ語ではパンタ・レイ（この世のすべてのものが、たえまなく変化している、の意）。ところがこの言葉はヘラクレイトスの時代から「同じ」である。実物はひたすら変化するけれども、言葉は変わらない。いつも同じである。ここでも意識の持つ「同じにする」というはたらきが貫徹している。言葉は意識が扱うものだからである。繰り返すが、「同じにする」というはたらきは、ヒトの意識の中にしか存在しない。

なぜ、私は私、同じ私なのか。もはや答えは明らかであろう。それは考えている私、意識の中の私だからである。身体そのものは、昨日と今日とで、決して同じではない。哲学でいう自己同一性、それは意識の持つ「同じだとするはたらき」そのものともいえる。今日の意識が、昨日の意識を指して、「同じ私」というからである。しかしその「私」を外部から科学的・客観的・物質的に、すなわち感覚を介して観察すれば、ひたすら変化を続けている。

意識は毎日、眠ることで定期的に失われる。でも生きている限り、毎日ふたたび戻ってくる。戻ってきた意識は「同じだとするはたらき」を含んでいる。だから意識が戻ったらすぐに「同じ私」が戻ってしまう。

記憶があるから、同じ私なんでしょ。そうかなあ。

私自身も記憶を失ったことがある。正確には、ある時点から記憶が作られなくなった、というべきであろう。これを医学では一過性全健忘という。

私の記憶喪失体験

新潟県新井のスキー場で、ゲレンデに出ていた時のことである。私はスキーがへたくそだから、インストラクターが付いて面倒をみてくれていた。家内と娘が先に滑っていき、それを見送ったのを覚えている。その後がいけません。記憶がまったくないのである。ただ一つ、私がなにかインストラクターに質問をしていた。質問の内容は覚えていない。インストラクターは丁寧に答えてくれたが、むろんその答えも覚えていない。ただ覚えていることが一つだけある。

「だけど先生、さっきから同じことを何度も訊いていますよ」

次はホテルの部屋になる。家内がいて、私が言っている。

「どうやら俺、記憶をなくしたらしい」

家内が言った。

「あなた、それ六度目よ」

記憶をなくしている間、私は私、同じ私だったのだろうか。そんなこと、覚えていない。当り前ですな。でも自分が記憶をなくした（新たに作られない）とわかっているんだから、「自分」はちゃんとあったわけで、それなら記憶と自分は別であろう。その自分とは「同じ私」だというしかない。だって記憶をなくす前とは別人だとは思っていないからである。「同じだとする」機能はなくなっていなかったのだと思う。

デジカメのデータは変わらないのに

一過性全健忘の場合、失ったのは明らかに、比較的には短期の記憶の作成だけで、そもそもしゃべっているんだから、言語は失われていない。

言語は「同じだとする」という機能の典型だから、言語が残っているということは、「同じだとする」機能が残っていることを意味する。長期記憶も損なわれていないことは、家内を家内だと認識しているからわかる。

でもあれは奇妙な体験だった。あのままで生きていたら、どういうことになっただろうか。両側の海馬を手術で失い、そのために長期記憶しか残らなくなった、アメリカの患者H.M.の有名な記録がある。その人と同じことになったであろう。

数秒ほどのごく短期の記憶を作業記憶という。私の場合、直近のことには作業記憶のおかげできちんと反応はしているものの、記憶の連続性が失われているので、出来事自体は記憶に残っていない。あとから想起しようとしても、記憶が作られなかった間の人生は消えてしまっている。

いったん言葉にすれば、それは永久に変化しない。デジカメのデータはいつまでたってもそのままである。いつでも「同じ」ポジを作ることができる。

ネットの中の情報は、自分からひとりでに変化することはない。常に停止したままである。すなわち「同じ」である。時間的に変化しないもの、それを現代では「情報」と呼ぶ。情報が変わったように見えるのは、新しい情報が付け加わったり、既存の情報をだれかが訂正したりするからである。付け加えても訂正しても、元の情報はじつはそのまま残っている。消去すれば消えるということは、元の情報が変化したことを意味していない。コピーをたくさん作っておけば、実質的に消せないのである。パソコンなら「ゴミ箱」フォルダーからデータを拾ってくればいい。

意識の中の私は、時間がたっても変わらないという意味で、「情報としての私」である。だからそれは「私は私、同じ私」である。

ところが実体としての私は諸行無常で、ひたすら移り変わる。それはたとえば身体の変化として、すでに述べたとおりである。社会を作るのは意識だから、社会的には私もあなたも「同じ私」として存在している。

自分がひたすら変化するからといって、「昨日金を借りたのは、今日の俺じゃない」

と頑張ることはできない。自己同一性が諸行無常に頑固に抵抗するのは、こうした社会的な約束事の存在が大きいはずである。意識が創る社会の中では、自己同一性が優先する。

しかし個人に戻れば、自分は諸行無常の「諸行」のほうだと気づく。

意識はデジタルを志向する

現在では、情報はついにデジタルになった。いまではすべてのテレビはデジタル・テレビである。

なぜデジタルなのだろうか。じつは「同じ」を突き詰めていくと、デジタルにならざるを得ない。デジタルとは、二進法、ゼロと一とで、すべてが記述されることである。さらにそのゼロと一で書かれた情報は、完全なコピーが作成できる。コピーとはつまり元のものと「同じ」ということで、同じものをきちんと作ろうとするなら、デジタルがもっとも望ましい。

ゼロと一だけでできたパタンをコピーするなら、間違いの可能性も実際的には最小限になる。人類はここで「元のものによく似たコピー」ではなく、「理想的に同一であるもの」を手に入れることになった。デジタル・コピーとは、すなわち実現された「究極的な同じ」である。それに対して、アナログ・コピーはいわば偽物の「同じ」である。アナログ・コピーは、コピーを重ねるごとに劣化していく。最後にはオリジナルとは似ても似つかぬものになってしまうことすらある。

現代人は感覚所与を遮断する

現代人はひたすら「同じ」を追求してきた。最初に生じたのは、身の回りに恒常的な環境を作ることである。部屋の中にいれば、いまでは終日明るさは変化しない。風は吹かない。温度は同じである。屋外に出れば、それが都市環境となる。都内の小学校の校庭はひたすら舗装される。同じ堅さの、同じ平坦な地面、それを子どもに与える。べつに感覚を無視することを教えているつもりはないであろう。安全だとか、便利だとか、清潔だとか、その時々で適当な理由付けをする。でも一歩引いて見てみれば、やっていることは明らかである。感覚所与を限定し、意味と直結させ、あとは遮断する。世界を同じにしているのである。

いまでは若者は四六時中、スマホを見ている。その中にあるものはすべて同じものである。その意味は、放置しておけば、まったく変化しないもの、という意味である。それは諸行無常、パンタ・レイではない。現代社会、情報化社会は、もともとあった自然の世界に反抗して、諸行無常ではない世界を構築しつつある。しかもそれを推進している現代人の多くは、それに気づいていない。

コンピュータの世界はどこまでも発展する。いまでは学習もする。そのうち自分で自分より優秀なコンピュータを創るコンピュータが出てくる。そうなればだれもなにも考える必要すらない。コンピュータが全部やってくれるからである。

進歩？　そんなものは、私に任せておけ。コンピュータはそういう。諸行無常？　なんのことだ、それは。世界は永久に変わらないもので満ちている。千年前のあのデータ、あれはそのまま残っていますよ。こんなに確実な、安心で安全な世界はないじゃないですか。

情報は死なない

ヒトはかならず死ぬ。それに気づいたヒトの意識は、それに反抗して、死なないものを創りたいのかもしれない。

コンピュータの中に現在の自分の記憶を含めた機能をすべて埋め込む。そうすれば、そこに自分が引っ越して、永久に生きることができる。でもその「私」とは、そもそもなにものか。そういうことを考える人は、自分をデータが詰まったパソコンだと思っているのではないだろうか。毎日少しずつ部品が入れ替わり、七年経つと、部品が全部入れ替わっているパソコンなんて、ありませんよ。

ジャンクにも意味がある

生物は遺伝子をアデニン、チミン、グアニン、シトシン、すなわちＡＴＧＣという四塩基で記述した。しかし脳が遺伝子を設計するなら、ゼロと一で記述するであろう。そこでは間違いの可能性が最小限となる。なにしろまったく「同じ」に、正しくコピーできるんですからね。ただしその世界では進化は生じないことになろう。

しかもＤＮＡを構成するこの四つの塩基は、はじめは自然界に存在するアミノ酸の種類数を記述するのに必要十分だと考えられた。しかし現在では遺伝子のほとんどは、タンパク質のアミノ酸配列を規定する構造遺伝子ではなく、いわゆるジャンクＤＮＡであり、しかもそれが真にジャンクつまり無意味であるかどうかすら、よくわからなくなった。ジャンクＤＮＡに機能があることも、知られ始めたからである。

そういうことになると、遺伝子という情報系は、ヒトの意識が構築するデジタル情報系よりも、はるかに多くの剰余（じょうよ）を含んでいることは明らかである。

それなら、デジタル化された情報が主流を占める現代社会は、数十億年を経て構築されてきた遺伝子情報系を持つ細胞に比較して、複雑なようでありながら、じつは徹底して単純化されているに違いない。

そして、現在のところ情報系には遺伝子系と神経系しかない。免疫系や内分泌系は遺伝子系の一部と見なしてよいからである。二つしか例がないから、比較は難しいが、ヒトの脳という情報系が作ってきている世界は、細胞に比較して、単純すぎるであろうと私は推測している。だからこそ急激に「進歩」したに違いない。

あなたがあなたであることを証明してください

自己同一性と社会の関係について整理しておこう。情報とは時間とともに変わらないものを指す。したがってもし自分を「同じ私」と規定するなら、それは「情報としての私」を意味している。それが生身の私と違うことは、じつはだれでも知っているはずである。しかし社会契約の上では、私は私、同じ私でなければならない。その場合、社会は私を情報として扱っている。

ある時、私は銀行に行った。ちょっとした手続きが必要だったからである。そうしたら「身分を証明するものはありませんか」と訊かれた。運転免許証または健康保険証がいるという。

私は運転免許を持っていない。病院に来たわけではないから、健康保険証も持たない。私は鎌倉生まれの鎌倉育ちで、銀行も年中行く。

銀行員は「わかっているんですけどね」という。私が本人だと知っているのである。

つまりそこで要求されていたのは、諸行無常である生身の私ではない。情報としての

〈南伸坊さんの「本人」〉

「養老です。」［本人：南伸坊、写真：南文子］

私なのである。だからこそ免許証であり、保険証なのである。マイナンバーの評判が悪いことについては、個人情報を悪用されたらどうするとか、さまざまな理由があろう。でも根本は、生身の私と、情報としての私の折り合いが、まだ社会的に決着していないからではないか。

それならそれが究極的に折り合うかというと、どうかなあと私は思う。なぜなら現物の私は「見たらそれとわかる」だけでなく、臭いや音声、その他もろもろの感覚所与を含んでいる。しかし情報としての私を扱うなら、私が与える感覚所与の多くは「意味を持たない雑音」に過ぎない。その

「意味を持たない雑音」の集合が生身の私だと、私自身は思っている。しかし社会的な組織の中では、そのほとんどはまさに雑音に過ぎないのである。

その雑音を笑いに変換するのが南伸坊だ。写真は、彼が扮した養老孟司本人。私であって、私ではない。

マイナンバーに抵抗感がある理由

マイナンバーのような問題は、社会システムの問題としてとらえるのが普通である。ここでは私はそういう視点をとっていない。ヒトの意識と感覚所与のいわば衝突と見なしているのである。

言いたいことは、両者の視点が必要だということであって、現在のところその一方、つまり社会システム的な視点が暗黙のうちに優先しているから「問題」が起こる。とくに官僚制は社会システムの典型だから、その論理に慣れてしまうと、ヒトのほとんどの性質は雑音になってしまう。しかしそのそれぞれの官僚自身が、私生活の上では、自分が雑音の集合であることに気づくはずなのである。

それをなにより気づかせてくれるのが、自然であろう。自然とは森、川、海などばかりを指しているのではない。子どもや身体的な存在としての家族などを含んでいる。いわばそれに気づかせないために、ビルの中の部屋にこもり、明るさを一定にし、室温を一定に保ち、床を平坦で同じ堅さにし、無意味なものは一切置かないという形で、仕事場と称するものを作る。そこでこそ意識の「同じだとする」機能が最も有効になるからに違いない。

現代の若者たちが、実際にヒトに接するより、ＳＮＳに接するほうを好むのも、このことに関係していると私は思う。「超ソロ社会」も同じである。「超ソロ社会」とは荒川和久氏の著作のタイトル（『超ソロ社会──「独身大国・日本」の衝撃』〈ＰＨＰ新書〉）だが、要するに一人暮らし、独身者の急増を示している。

なにしろ結婚しない。生身のヒトはいわば「雑音を含み過ぎている」。意味を持たない、さまざまな性質が生身には含まれてしまう。そんなものはいらない、面倒くさい。ノイズと結婚する気なんかない。小さい時から、安心安全を旨として、できるだけ恒常的な環境に置いて子どもを育てるのだから、そうなって当然であろう。学校には雑音は禁物である。こうした現代生活は人生の意味を剝奪しているのではない。むしろ「意味しか存在しない」社会を作っている。それが情報化社会である。情報とはすなわち意味でもあるからである。

9章　変わるものと変わらないものをどう考えるか

変化するものを情報に変換するということ

情報は時間とともに変化することはない。でも時間とともに変化するものを、扱わなければならない場合は数多い。生物学でいうなら、進化学、発生学がそうであろう。文科系なら歴史学が典型である。

池田清彦は、科学とは「変なるものを不変なるものでコードすること」だと述べた。これはじつは科学に限らず、時間を含む過程を記述するときに、どうしても生じてしまうことである。

たとえば運動という言葉を使うとしよう。実際の運動はまさに時間とともに動く過程である。しかし運動という言葉、あるいは概念は、それを止めてしまっている。だからここでの根本的な問題は、時間を含む過程を、本質的に時間を含まない情報に、どう変換するのか、である。

むろん単語については、右に例示したように、時間を含む概念として、それはすでに成立してしまっている。それが当然になっているから、単語から文章になっても同じこと、時間を含んだ記述が成立するのは当然だ、という暗黙の前提が生じる。池田はあらためてそこに問題があることに気づいたから、右のように述べたに違いない。単語つまり概念なら当然だが、それは時間そのものを意識する事柄の記述についても当てはまるのか。現代分子生物学は時間をいわば抜くことで成立している「近似真理」だと米本昌平はいう（『ニュートン主義の罠』書籍工房早山）。

そもそもなぜそんな「変換」が必要なのか。つまりそれは、なにかを「記述する」こと自体の問題である。記述しさえしなければ、時間は勝手に流れて行き、それはそれで仕方がない。ところが意識はそれを記述しようとする。ファウスト博士は悪魔メフィストフェレスと契約を交わす。その中に「時よ止まれ」と言ったら、魂は悪魔のものにな

〈ゼノンの逆理とは〉

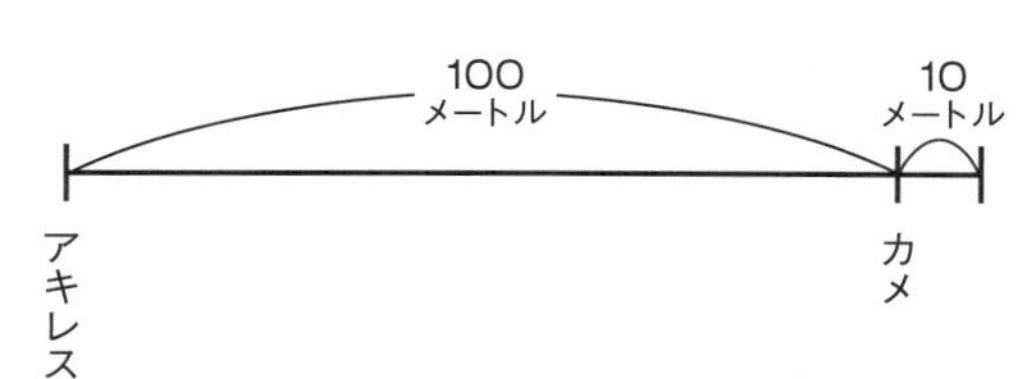

この図の縮尺が変わっていく。時間と
空間の実在を背理法で否定するのだ

るということが含まれていた。これはなかなか意味深長なのである。

時間と空間すなわち時空は、意識が創り出した、基本的な概念の一つである。このことはすでに『唯脳論』（ちくま学芸文庫）で書いたことがある。

時空とは、時間を内在する聴覚運動系と、時間を内在しない視覚系を折り合わせるために、意識の内部に発生した。その際の説明の好例として、ゼノンの逆理を挙げておいた。ここではもちろん、運動系と視覚系とがまだ折り合っていない。だから図を描いて（視覚系の作業であることに注意！）説明すると、アキレスはカメに追いつけなくなってしまう。

さらにはハイゼンベルクの不確定性原理も、よく似た面を持っていることも指摘した。素粒子の位置を測定すると運動量（時間tを含む）が測れず、運動量を測ると、位置が決められない。

ここでも再び、感覚系と意識、末梢と中枢という問題が顔を出す。ヒトの意識が生じたとき、視覚と聴覚がすでに存在していた。ところが連合野はそれを連結しなければならない。光電管を使った機械で情報を集めている技術者と、音波を使って情報を集めている技術者が、話し合いに入ったとしよう。二人のデータを組み合わせて、一つの見方でくくりたい。そういう相談である。ここでどうしても時空が発生するはずだ、ということになる。そこですでに述べた共有空間が生じ、共有時間が生じたのであろう。

時空はいつからあったのか

時間と空間は、ヒトの意識とは無関係に、宇宙の始まりからあった。そう考えられてしまうと、私の議論は意味をなさなくなる。そうではなくて、ヒトが時空に気づいたのは、現在のホモ・サピエンスの意識が発生してからでしょ、と言いたいのである。そもそも意識がなかったら、時空もないのは当然である。しかし仮に初めから時空が存在したとしても、それにヒトの意識がどう「気づいたか」は問題になるはずである。

概念としての時空はヒトの意識とともに、あらためて発生した。時空はふつう先験的、アプリオリである。だからカントはそう述べた。でもそれはあくまでも意識のせいであって、目と耳を折り合わせ、言葉を作らなければ、あたりまえだが時空（という概念）は発生しない。カントは哲学者で、哲学者はとりあえず言葉だけを使う。それなら言葉の前提である目と耳の共通処理から時空が発生するというしかない。

現にわれわれが生きている時間とはなにか。それは一期一会であろう。ただいま現在である。過去はすでに済んでしまっているし、未来はまだ来ていない。確実な時とは、ただいま現在しかない。

現代人の考える未来とは「予定された未来」すなわち手帳の中身のことだと、かつて述べたことがある。明日の予定が決まっていれば、それはただいま現在を拘束する。明日名古屋で講演の約束があれば、今日ハワイに行ってしまうわけにはいかない。それなら未来の予定は現在の私を拘束している。

過去も同じように現在の私を拘束する。三十年前から勤めてるんだから、いまさら仕方がないだろ、ということになる。それならその三十年は現在というしかない。現在の私を拘束しない過去と未来は存在しない。意識はそういうものがあると主張して、だから歴史の勉強をしなければならないし、約束は守らなければならないという。

私の知り合いの虫屋は「靖国神社は戦後にできたんですか」と私に聞いた。五十代で、子どもたちはもう大学を卒業している人ですよ。靖国神社がいつできたのか、そんなことは彼の意識にはない。彼の人生になんの関係もないからである。

われわれが保有している時間は、ただいま現在だけだが、意識は偉いから、過去も未来も存在するという。それはどこにあるかって、頭の中にあるとしか言いようがない。それが現在を拘束するときにだけ、過去も未来もただいま現在に顔を出す。

卵がなぜ私になるのか

さて時間とともに変化する過程をどう記述するか、その問題に戻る。生物学ではそれは発生学と進化学である。

まず想像していただこう。皆さんのいちばんの始まりは、どういう状態ですか。先祖までさかのぼる必要はない。皆さんが発生したのは、受精卵からである。ヒトの受精卵は直径〇・二ミリメートル、それが二十年ほどを経ると、数十キログラム、細胞数にして数十兆の桁の成体になる。その一部に脳ができて、そこから意識が発生する。それがああでもない、こうでもないとブツブツ言う。それがいま私がやっていることである。

直径〇・二ミリが、いまの皆さんになる過程を記述できますか。私は大学院生の時に、発生学で学位論文を書いた。まもなくやめたが、なぜかというと、わかるわけがないと思ったからである。

もう一つ、実験的に言うなら、受精卵があれば、ふつうは親つまり成体ができる。つまり発生学というのは、実験的証明は済んでしまっているのである。普通そう思わないのは「なんでそうなるんだ」という疑問が生じるからである。つまり理論が欠けているからである。

普通は理論があって、それを確かめるために「実験」をする。でも発生の場合には、実際には発生が済んでしまっていて、理論のほうが欠けているのである。

卵がなぜ親になるかといわれたって、そうなるものはしょうがないじゃないですか。

そうならなきゃ、そもそも私自身がこの世にいないんですからね。そう思ったから、私は一生発生学に身をささげて立派な学者になることを放棄した。それでどうしたのかというと、そういう過程をどう記述するのか、という問題を考えるようになってしまった。以前の本に書いたはずだが、結局それは次の式になってしまった。

$$y = f(t)$$

ここでyは胎児の形（じつはなんでもいいけど）、tはもちろん時間である。十九世紀以前から、研究者たちは胎児の変化を丁寧に記述してきた。いつ頃の時期なら、どういう形になるかを、である。それなら胎児の形は時間で決まってくる。十月十日経つと、生まれてしまう。むろん生きもののことだから、個体によって多少の違いはあるが、それは些細な違いだと勝手に決める。

進化の本質はズレ

この発生過程は進化とともにしだいにずれる。どこまでずれるかというと、五億年経つと、シーラカンス状態がヒト状態にまで変化する。進化というのは、私から見れば、常に発生過程のズレであって、それ以外のものではない。そう思っている人は意外に少ないと思うから、当たり前だが、あえて述べておく。発生を含めて進化を描けば、左の図のように描いてもいいはずである。

↓

↓
○
↓
○
↓
○
↓

なんだ、丸が並んでいるだけじゃないか。そうです。丸はすべて受精卵ですからね。最初のほうに、矢印だけあって、丸が描いてないのは、単細胞は小さくて肉眼で見えないからである。○・二ミリのヒト受精卵は肉眼で見える。○・一ミリまではなんとかやっと見えるのである。

五億年経って、シーラカンスの卵がヒトの卵になっただけ。ふざけんな、と叱られそうだが、そうなるんだから仕方がないでしょ。

発生が済んだ形、つまり成体の形を描くと、サカナがヒトになるという、とんでもない変化が起こっているように思える。でも卵で見れば、要するに丸いだけである。生物はどこまで行っても、〇から逃げられない。生命の歴史は〇の連続である。そう喝破した人はいないのかしら、と思う。

卵の中には遺伝子があって、それが変わった。現代の生物学の知識があれば、そういうと思う。その通りである。

では遺伝子とはなにか。すでに述べたように、じつはそれがよくわからない。DNAだというのはそれでいいとして、九十八パーセントのDNAは、じつはなにをしているのか、よくわからない。それで遺伝子はDNAだと、わかったようなことを言うな。そういいたくなるのだけれど、言わない。言うと叱られそうな気がするからである。そういう乱暴な発言なら、私は池田清彦に任せることにしている。

メンデルの法則は情報の法則

遺伝子の概念を創ったのは、ご存知、グレゴール・ヨハン・メンデルである。簡単にいうと、メンデルはエンドウ豆を栽培して、その形質を記号で書いた。たとえば黄色い豆はＡ、緑の豆はａ。遺伝子は両親から一つずつ受け取るから、かならず二つある。そこで黄色の豆はＡＡ、緑の豆はａａという遺伝子を持つことになる。それを掛け合わせると、黄色い豆ができて、この遺伝子型はＡａである。

なぜ黄色になるかというと、Ａは優性（顕性）で、ａは劣性（潜性）だからである。それをさらに掛け合わせると、どうなるか。ＡＡ：Ａａ：ａａが１：２：１の割合で生じる。ＡＡとＡａはすでに述べたように黄色になるから、見た目では黄色と緑の豆が３：１になる。

メンデルの法則（１８６５年に報告された）はこのようにごく単純だから、こういうものを法則と呼ぶのかね、と私は若いころには思っていた。要するに順列組合せじゃないか。

でもメンデルの革命的な意味がわかってきたのは、歳をとってからである。生物の形質を記号化する。これは情報化の基礎である。なんとメンデルは生物の形質を情報として扱った。だからアルファベットで遺伝子を表現したのである。

これは偶然でもなければ、便利だからでもない。生物学はメンデルによって、情報学に変わったのである。当時は情報という概念がなかったから、メンデルの法則は遺伝の法則だとされていた。違いますね。その意味はもっとはるかに深い。

十九世紀の生物学には、三つの固有の法則が知られている。それはメンデルの法則、ダーウィンの自然淘汰説、ヘッケルの生物発生基本原則である。これらは物理化学の法則ではない。じゃあ、なんの法則なのだ。情報に関する法則である。メンデルについては、右に述べたとおりである。十九世紀には情報学がなかったから、生物学だとされただけである。いまだにほとんどの人は、生物の法則だと思っているのではないか。

ダーウィンの自然淘汰説はどうか。情報は自然淘汰される。それはわかりきったことである。私がいくら名論卓説をここで吐いても、読者の皆さんの頭に「適応」しなければ、ただちに、あるいはいずれ、滅びてしまう。自然淘汰説には昔からいろいろクレームが付く。私の自然淘汰説に対するクレームは、クレームではない。自然淘汰説をどう位置づけるかという位置づけに過ぎない。生物を情報として見れば、当然ながら自然淘汰を受ける。情報と見なければ、自然淘汰なんて関係がない。

ヘッケルはどうか。これほど明確な例はない。ヘッケルの言い分はこうである。「個体発生は系統発生を要約して繰り返す」。その後に新しい形質が付け加わって、進化が生じる。これはなにかというなら、学者が論文を書くときの作法である。その主題について、これまでの学者がやってきたことを「要約して繰り返す」。論文の形式なら、これはふつう序文に書かれる。そこに自分の所見を付け加える。こうして学問は「進歩する」のである。

「情報」の発見

何十年か前、真面目な学会でこの話をしたとき、最前列に座っていた謹厳な偉い先生が、大笑いをしていた。気の利いた冗談だと思ったのかもしれない。『人間科学』（筑摩書房）という本でこの話を扱ったときには、池田清彦が書評を書いてくれた。そこには「面白すぎる」と書いてあったと思う。でも私は別に冗談で書いたわけではない。生物は遺伝子と脳という、二つの情報系を持っている。学者はおもに脳という情報系を利用していので、遺伝子系を直接に利用しているわけではない。それなら学者の言うことと、することが、情報の規則に従っていて、なんの不思議もない。

十九世紀以前からの生物学には、生気論という過去の亡霊があった。私が若い頃には、生物の授業でそう教わった。生物には生物にしかない、特殊な性質が存在する。一部の学者がそれを生気と呼んだ。

でも物理化学的には、そんなものがあるはずがない。細胞は分子でできており、分子は原子、原子は素粒子でできていて、その中に生気なんて摩訶不思議なものがあるわけがないでしょうが。そんな考え方は、十九世紀以前の思想の亡霊に過ぎないよ、と。

すべての学者ではないが、当時の優れた生気論者の叙述を読むと、わかることがある。それはじつに苦労しながら、情報概念を導入しようとしていることである。当時の物理化学の世界には、情報はありませんからね。でも生物は遺伝子系と神経系という、二つの重要な情報系を担っている。太陽と月の間には引力は働くかもしれないけれど、情報の交換はないであろう。

結論は単純である。十九世紀と、二十世紀から二十一世紀の生物学の違いはなにか。

情報が意識化されたことである。ワトソンとクリックの有名なＤＮＡの二重らせん構造の論文に、一言だけ、informationという言葉が書かれている。この時点で、生物学は明示的に情報学になった。

ではなにが問題なのか。時間とともに、変化する事象を、変化しない情報でどう記述するか。それが果たして可能なのか。私に答えを要求しないでくださいね。毎日、こんなことを考えて眠れないんですから。

終章　デジタルは死なない

自然保護とグローバル化

ここまで述べてきたことを、乱暴にまとめてしまえば、ヒトは、意識に「同じにする」という機能が生じたことで、感覚優位の動物の世界から離陸した、ということになる。ただし意識や感覚を言葉としてだけで捉えてしまうと、さまざまな誤解が発生する恐れがある。すでに述べてきたように、意識自体も確実に定義されているわけではない。

感覚は意識の中に一部取り込まれている。たとえばわれわれは見ているものを「意識する」からである。ただし意識はスポットライト機能も持つから、感覚の一部を限定して捉えてしまう。逆にその機能がないと、視野に入ったものをすべて覚えてしまうという、カメラ・アイになるはずである。要するに意識と感覚は協同し、かつ対立するので、両者を明確に区切ることはできない。

さらに一般的に意識というと、デカルトの「われ思う」という、自己意識が普通「意識されてしまう」。本書ではそれにまったく触れていない。自己意識は論理的には自己言及の矛盾を起こす。その問題が解けていないのだから、意識をそこから議論する、あるいはそこにこだわるのは、生産的ではない。私はそう思っている。

さて、この意識と感覚の関わりが、現代社会に与えている影響とは、どういうものであろうか。この違いは現代社会の日常に関わっている。しかもこれがヒトがヒトであることを特徴づけているのだから、日本だけの問題ではない。世界中で現に起こっていることに関わっているはずである。ヒト固有の特徴から生じるのだから当然であろう。

あらかじめお断りしておくが、以下で私は社会問題に対して答えを提出しようと思っているのではない。すでに述べてきたようなこと、これから述べることを「意識すべき」だと思っているだけである。言い換えれば、それを念頭において生きる方がよいのではないか、ということである。

その良し悪しはともかく、現代の日本社会は平和で安定している。なにか問題があるとすれば、一つはここ二十年続いているデフレ、もう一つは少子高齢化である。デフレの問題はもともと私の関知するところではない。経済の専門家がいくらでもいるはずだからである。

ただし経済、具体的にはお金が関係する場合に、意識と感覚の対立がしばしば表れる。実体経済は、動物が理解しないお金つまり意識と、実物すなわち感覚で捉えられるものとの関係だからである。ひょっとすると、これが現代人を気づかれない形で分断しているのかもしれない。

有機農業はその典型である。一次産業は「自然に関わる」と考えるのが普通だが、個人の内部では、意識と感覚の問題に代わる。有機農業をやる農家は、それぞれが違うことをする。不耕起(ふこうき)栽培(作物を栽培する際に田畑の土を耕さない方法)もあるし、有機肥料を与える場合も、与えない場合もある。だからすべてを「同じ有機農業」としてまとめることができない。それぞれの農家がそれぞれ違うことを試みているからである。その意味で有機農業は感覚の世界に近い。

他方、経済的つまり金額的に言うなら、有機農業にはあまり意味がない。農業全体が稼ぎ出す金額の一割にもならないはずである。でも農家自身が自分の食物は有機で育てている場合が多いことに留意すべきであろう。これは統計に載らない。商品として流通させるための作物と、自分の食べる物との乖離が生じている。商品はむろん意識側にあり、自分の食べ物は感覚側にある。

これは一般的な環境問題にも表れる。ソーラーパネルは本来環境保全のためのものだったはずだが、あちこちに置いたことで、地域に色々な問題を起こしている。局所的には環境破壊を生んでしまう。意識の側からアプローチしていったら、環境保全のための太陽光発電になったわけだが、それを感覚側から見ると、美しい草原を潰す、あれはなんだという話になる。風力発電も同じである。景色の良い静かなところに、なんであんな巨大でウルサイものをわざわざ置くのだ。現代ではだれでも、多かれ少なかれ、この種の問題を体験しているであろう。

この種の分離あるいは対立は、むろん世界中で起こっている。これは善悪の対立という古典的な図式では解消しない。ヒトが抱えている、意識と感覚の乖離の問題である。

すでに述べてきたように、「同じにする」という能力は、ヒトで初めて生じ、それが様々な社会的システムを創り出す。われわれはそれを進歩と呼んできた。それは動物にはできないことだから、ヒトはエライのである。さらにその裏には、意識が感覚より上位だという暗黙の了解がある。

意識中心の都市型社会では、個々の具体的な局面で感覚側が社会的には敗北することが多い。意識側からすると、反対ばかりするな、対案を出せということになる。しかし対案は意識的に作られる。それなら対案を出すことは、根本的には意識という土俵に乗ることである。だからこそ、感覚が関わる場合には、反対する側はひたすら反対という態度に出るしかなくなる。しかも感覚は差異の列挙であるから、統一がもともと困難である。

自然保護を徹底した事例を見れば、すぐにわかる。たとえば国立公園の特別保護区域では、自然物を採取してはいけない。要するにそのままにしておけ、という。感覚側に立つと、いわば現状絶対主義になってしまう。それが成立するのは、ヒトが住まないところだけである。だから標高二千メートル以上の高地は、ほとんど特別保護区域になる。

早い話が、ヒトがいないところだけが保護区域なのである。でもヒトに関わりがないところとは、ヒトにとって、じつは「存在しない」と同義である。

考えて決定すれば、おそらく意識が勝つことになる。全体的には、それが事実起こってきたことであろう。ゆえに日本は戦後もどんどん「近代化」した。それはダメだと言ったところで、「じゃあ、どうすればいいんだ」という反論が生じる。この反論自体がすべてに意味がある、つまり物事には必ず理由があると考える「ああすれば、こうなる」意識の典型的なはたらきだから、感覚側には答えがない。どうすればいいか、わかっているなら、もうひとりでにそうなっているわ。そうとでも言うしかない。

たとえば日本の多くのメディアは、グローバル化を必然の傾向と見なしてきた。日本語で記事を書き、日本人の読者にそれを売って、これからはグローバル化だという。脚下照顧、そんなこと、信じる方が変に決まっている。

戦前、戦中の軍歌の歌詞を見て驚くことがある。世界に誇る、世界平和、世界に羽ばたく、そのたぐいの歌詞がしばしば見られる。戦前の日本人たちは、満州やブラジルや東南アジアに出かけて行った。身をもって、つまり感覚を通して、国際化に励んだ。ネットで世界を見物しているのとは、まったく違う。どちらがより本質的にグローバルなのか。

世界中が似たようなものだから、アメリカのトランプ現象で、イギリスのブレクシットである。ヒト個人に意識と感覚が併存するように、世界に同一化と差異とが併存する。それで当然で、ただいま現在はいわば差異の側が、トランプやブレクシットという形で、既設の国民国家という差異を利用している。それが正しいかというなら、もともと両方あるんだから、万事は釣り合いの問題に過ぎない。それは究極的には個人の内部での意識と感覚の釣り合いに還元する。

少子高齢化の先行き

日本社会の問題として、少子高齢化を考えてみよう。高齢化はさほどの問題ではない。なぜなら三十年もすれば、年配者の数が減ってしまうからである。ただし高齢化は労働生産人口の減少を引き起こしており、それがデフレの一つの要因かもしれないことはすでに指摘されている。

問題は少子化である。本書を含めて、私が年来主張していることは、このことと関連がある。現在の日本の社会状況をいわば凍結して、このままの状態で社会が推移していくと、日本社会はいずれ消滅する計算になる。そんなことは起こらないだろう。だれでもそう思うはずである。にもかかわらず、なぜ少子化なのかに対して、さして考慮がはらわれているとも思えない。ひょっとすると、ほとんどの人が無関心であるのか、神風が吹くのを待っているのであろう。いずれ増えだすに違いない。そう思って日常を過ごしているなら、いわゆるユデガエルの状態である。しかも人口問題はゆっくり進行するので、いつ、なにをしたらいいのか、それがわからない。

なぜ少子化なのだろうか。少子化が著しいのは、まず東京都、続いて京都府である。大阪や広島のような大都市も、年齢別の人口比を見ると、二十年前の鳥取県に近い。要するに都市化はヒトを増えなくさせる。そう結論せざるを得ない。増田寛也編著の『地方消滅』（中公新書）では、都会は若者を集めて、増えなくさせるところだと書いてあったはずである。

こうした例で見るように、子どもが増えないのは、根本的には都市化と関連している。

都市は意識の世界であり、意識は自然を排除する。つまり人工的な世界は、まさに不自然なのである。ところが子どもは自然である。なぜなら設計図がなく、先行きがどうなるか、育ててみなければ、結果は不明である。そういう存在を意識は嫌う。意識的にはすべては「ああすれば、こうなる」でなければならない。

そうはいかないのが、子どもという自然なのである。努力して育ててみるが、どんな大人になるか、知れたものではない。うまくタレントになってくれるかもしれないし、犯罪者になってしまうかもしれない。そんな危ないもの、関わらないほうが無難じゃないか。

ともあれ人口が全体として増えるほどの数を維持する夫婦は少ない。地方でいうなら、再生産率がいちばん高いのは、当面奄美群島の徳之島(とくのしま)、伊仙町(いせんちょう)である。政治家の皆さん、伊仙町をモデルにして、将来の日本を構築しますかね。

都市という物理的環境に問題があるのではない。私はそう思う。人々が自然に対峙(たいじ)する方法を忘れてしまったことに根本の原因がある。なぜ忘れたかって、縷々(るる)述べてきたように、感覚入力を一定に限ってしまい、意味しか扱わず、意識の世界に住み着いているからである。

コンピュータと人の競争

いまではコンピュータがヒト社会を置き換えるといわれるほどになった。そういう議論自体を私はバカげていると思う。それを指摘する書物も出始めている。関心のある読者は『そろそろ、人工知能の真実を話そう』（ジャン＝ガブリエル・ガナシア著、伊藤直子監訳、小林重裕訳、早川書房）でもご覧になっていただきたい。

それなら道具だったはずのコンピュータがなぜ人を置き換えるのか。コンピュータにできるようなことしか、ヒトがやらないからであろう。しかもコンピュータができるようなことを、高級かつ有益だと見做しているからであろう。一生懸命に努力して、合理的、経済的、進歩的な社会を作ってみたら、暮らしているのはコンピュータだけ。『人間さまお断り』（ジェリー・カプラン著、安原和見訳、三省堂）という書物まで出版されている。なにを考えているんですかね、本当に。

コンピュータにできることを、ヒトがする必要はない。コンピュータと将棋を指したりするのは意味がない。私はそう思う。百メートル競走を、だれがオートバイと競うのか。走るのに特化した機械と、ヒトが争う必要はない。ゼロと一とで書かれ、アルゴリズムで動くような思考を、コンピュータと競う必要はない。コンピュータが邪魔なら、電源を抜けばいい。自分で電源を入れてしまうコンピュータを創るのは犯罪である。そう決めたらいい。

ヒトにはたちの悪い性質があって、できることなら、たいていのことは機械にやらせようとする。だからリニアが走り、ドローンが飛び、コンピュータが動く。でもそれをコントロールするのは、あくまでも人でなければならない。そんなことは当たり前で、言うまでもないことであろう。

一神教の世界、とくに欧米が技術の進歩を推し進めてきた。そこには様々な要因があると思う。ただ基本的な事として、そうした世界では、自分の外に神という超越者を措定することで、自己の「現実的な範囲」を容易に踏み越えることができた。それが現に起こってきたことであろうと思う。大航海時代だって、どこに行こうが、ともかく神様はついてきてしまったからである。ヴァイア・コン・ディオス、神とともに行くことを祈る。

技術の究極的な問題は、遺伝子操作に代表されるヒトの改造である。コンピュータが自分より有能なコンピュータを勝手に作り出す、いわゆるシンギュラリティー（英語で、「特異点」。人工知能が人間の能力を超えるという際の技術的特異点を指すことが多い）というのは、ヒトがヒトを改造して、自分より有能な人を創るということとよく似ている。以前に私はそれを「神を創る」と書いた。いまのわれわれが考える程度のことはすべて考え、理解してくれる。さらにその上に、現在のわれわれが理解できないことまで、ちゃんとやってくれるヒトを創ることができれば、現代人は用済みである。

論理的にはこれで話はお終いである。どうするかって、それ以上考えても意味はない。あとのことは、そうして創られた神様に考えてもらえばいいからである。コンピュータの世界におけるシンギュラリティーを心配するなら、人類の全知全能を傾けて、右の意味での「人神」を創った方がよほどマシではないか。

不死へのあこがれ

そもそもなぜヒトはコンピュータが代表するような、デジタルの世界を必死で作ろうとするのか。便利だから、合理的だから、経済的だから。多くの局面でヒトはこの種の説明を採用する。それを私は機能的な説明と表現してきた。人体でいうなら、心臓は血液を送り出すポンプである。そういえば、ほとんどの人は納得して、それで話は終わりになる。心臓はそれほどにわかりやすいから、人工臓器としては最初に作られ、私が現役時代には、人工心臓を移植されたヤギが一年間生存するようになった。

その裏にある暗黙の意図は、どういうものだろうか。人工的に心臓を置き換えれば、また具合が悪くなった時には、交換すればいい。それを延長していくと、おのずから最終的な答えが浮かんでくる。不死である。

デジタルとどういう関係があるのか。デジタル・パタンとは、永久に変わらないコピーだと述べた。なんとコンピュータの中には、すでに不死が実現されている。デジタル・パタンが死にそうになったら、つまり消えそうになったら、どんどんコピーを作ればいい。だからクラウドなのである。どこにコピーが存在しているのか、よくわからないけど、ともかくどこかにコピーが存在している。これをいたるところに置けば、実際的には死にようがなくなるではないか。だから自分の記憶、感情のすべてをコンピュータに入れたらどうなるんでしょうね、という質問がなされる。その暗黙の裏は「俺は死なない」ということであろう。

政治は世界を支配しようとする。世界とは、はじまりが空間である。それがローマ帝国を作り、大英帝国を作った。空間の支配が行き着くところまで行くと、時間の超克（ちょうこく）が次の目標となる。時間を超越するために、ヒトはさまざまな極端なことをしてきた。ものを書きだした若いころに、書いたことがある。秦の始皇帝は万里の長城を作り、エジプトの王たちはピラミッドを作った。それはいまだに残っている。石で作った巨大なものなら残る。もはや世界つまり空間を支配したと思った王たちは、時を超越しようとして、ああいうとんでもないものを作った。

それを置き換えたのはなにか。文字である。書かれたものは、永久に変わらないからである。文字を使えば、あんな巨大なものを作る必要はない。「もっと安く作れますよ。なにか書いときゃいいんです」。それを指摘された始皇帝は、たぶん腹を立てたのであろう。だから焚書坑儒だった。生き残るのは俺の特権だ。そう思ったのであろう。エジプトのピラミッドは文字とともに消えていく。だんだん小さくなって、代わりに中に文字が書かれるようになる。その傾向は現在のデジタル・データで、いわば終止符を打ったことになる。

コンピュータに代表される世界のどこが変なのか。ファーブルを思い出してみよう。トックリバチは泥を運んで、徳利状の巣を作る。徳利の底から順に作って行き、最後に細長い首を作って、蓋をして飛んで行ってしまう。徳利の中には途中で麻痺させた青虫を入れ、それに卵を産んでおく。卵がかえると、幼虫は青虫を食べて育つ。

ファーブルは意地悪をした。作りかけの巣の底に穴をあけて、青虫を取り除いてしまう。でも親のハチは作業を継続し、最後に徳利の首を作り、蓋を作って飛んで行く。つまりハチは一定の手順で仕事をしているだけで、何も考えていない。これをファーブルの時代には本能と呼んだ。

もうおわかりだと思う。現代人は一定の手順でキイボードを押す。いまやっている作業が何のためか、そんなことは関係がない。しかも手順がきちんとしていないと、コンピュータは反応しない。それどころか、うっかり別なキイを押すと、違うことを始めてしまう。だから厳密な手続きに従って、「きちんと働く」ようになる。建築のところで述べたように、現代社会は虫の生活に戻った。コンピュータのおかげで、神経系と遺伝子系の機能はいわば等しくなった。手続き通り、きちんとやっている。それで何が悪い。現代人の多くがそう思って生活しているはずである。

「同じにする」という意識のはたらきを、とことん煮詰めていったら、遺伝子系のすることと、意識のすることが「同じ」になった。これはべつに意図したわけではないはずである。それなら意図せざる意識の勝利とでもいうしかない。

すでに述べてきたように、意識はべつに偉くない。その存在自体が身体に左右されているからである。意識はそれが気に入らないから、不死を希求する。偉いのは俺だと、あくまでも主張する。世界を支配しようとする。でも間違った権力者に世界を支配させると、世界は滅びる。

ヒトの生活から意識を外すことはできない。できることは、意識がいかなるものか、それを理解することである。それを理解すれば、ああしてはまずい、こうすればいいということが、ひとりでにわかってくるはずである。それはそんなに難しいことではない。問題は意識について考えることを、タブーにしてきたことにある。すべての学問は意識の上に成り立っている。それなら意識を考えることは、自分が立っている足元を掘り起こすことである。学問が意識をタブーにしてきたのは、それが理由であろう。学問こそが、典型的に意識の上に成り立っているからである。でもここまで都市化、つまり意識化が進んできた社会では、もはや意識をタブーにしておくわけにはいかない。

本書はそのタブーを解放しようという、ささやかな試みである。べつに正しいことを言っているというつもりはない。こう考えてみたらどうですか。そう申し上げているだけである。

おわりに

本書がまだゲラの段階で、同じ新潮新書の山口真由『リベラルという病』を新潮社から送っていただいた。その内容は、いわば私の書いたことの実例になっている。たとえば、強いフェミニズムは、感覚で捉えられる男女の「違い」を無視し、なにがなんでも男女を「同じ」にしようとする。「病」というしかない。「同じにする」がどんどん強くなって、信仰の域に達する。それがアメリカの「リベラルという病」だ、ということになる。

「同じにする」ことが間違っているのではない。ただし感覚は「違う」という。その二つが対立するのは、そう「見える」だけで、そこには段差があるのだから、両者を並べることはできない。まずそのこと自体を「意識」したらどうですか。それがいわば私の拙い提案である。

さすがに「違い」を無視することは完全にはできない。だから「同じにする」論者も単純に「正しい」と言えず、ポリティカル・コレクトネスなどという言葉を創らなければならなくなる。トランプを代表とする側が、その無理を指摘する。そんな無理をしなくたって、意識は「同じ」だといい、感覚は「違う」という。その両者を矛盾として抱えているのは、あなた自身ですよ。それを素直に認めたらどうですか。私はそう言いたいだけである。

それはじつは矛盾ではない。右に述べたように、両者は「階層が違う」からである。ただしそこで意識、つまり「同じ」が上だとするのが、階層的にものを考える時の問題である。より抽象化されたものが「上」だとすれば、「同じ」が上になる。学者が議論をすれば、ひとりでにそうなる。なぜなら学者とは「より抽象的に」考えるものだからである。だから神学の世界から自然科学が発生した。中世の神学が、抽象としていわば行き過ぎたから、近代の自然科学がそれを是正することになった。その意味で自然科学は「感覚の復権」だが、科学者自身がいまや階層的な世界に取り込まれてしまったから、実験は感覚の復権だなどとは到底言えなくなった。いまでは実験室そのものが「意識の世界」に変わってしまった。だからマンガに描かれる科学の実験室は同じようなビーカーを並べて白衣を着た人がいて、どれも「同じ」に見える。私の議論がややこしいのではない。実状がややこしいのである。

これは私の実体験でもある。解剖学ほど感覚的な分野は、自然科学の中では少ないであろう。しかし感覚優位では論文は書けない。とはいえ、ひたすら事実に即して、それを記述すれば、論文ではなく、ドキュメントつまり記録になってしまう。実験家のいう実験ノートというやつである。科学論文上のインチキが増えて、実験ノートの提出が云々されるようになった。これも起こるべくして起こったことである。科学の基本は、感覚から意識へ、俗にいうなら事実から理論へ移行する、そこにある。いわば私自身はそこで引っかかったまま、とうとう人生をムダに過ごしてしまった、というべきかもしれない。事実から理論へ、そんなこと、本当にできるのか。

だから今でも、こういう文章を書く以外には、論文としては、虫の記載論文しか書かない。書けないというべきであろう。ただそれでもなんとか人生を過ごしてこられたというのが、ありがたいことなのだと思う。日本の一般社会は、その意味では学問に対して寛容である。そんなもの、どうでもいい。その意味で寛容なのかもしれない。以前に『無思想の発見』(ちくま新書)という本を書いた。これも語り下ろしではなく、自分で書いた本である。そこで指摘したことだが、日本の社会は思想を相手にしないから、つまり無思想だから、思想に対しては逆に寛容になる。ただし実生活に関係しない限り、である。

科学について思想を持ち出せば、それに影響されるのは、学会というその道の人の集まりだけである。だから学会の中に思想を持ち込んではいけない。むろん私も持ち込まない。一般論として議論するだけである。

実生活の中で感覚を復元する。これもむずかしい世の中になった。効率や経済、つまり便宜やお金で計れば、感覚は下位に置かれる。ビルの中では、とにかく床は平坦で同じ硬さである。田んぼや森の中で働いたら、そんなわけはないだろうとすぐにわかる。

しかし、そんなわけはないだろうといっても、怪訝な顔をされるだけ。日常とは怖いもので、慣れたものなら「それで当然」であり、そうでないものは考えたくもないのである。

根本的にそこから生じた社会の病が、日本では少子化であろう。「はじめに」に書いたように、私は元宇品の海岸でイヌを見ていた。数十人の子どもたちを連れていたのだけれど、子どもたちよりイヌのほうが幸せそうだったことは間違いない。ヒトは子どもといえども、むずかしい。イヌは身体が濡れてもいいけれども、子どもはそうはいかない。すでに子どももしっかり現代社会に取り込まれている。子どもなりの予定があり、しなければならないことも多い。子どもだって大人並みに、自殺したり、他人を殺したりするのである。

現代日本では、イヌ、ネコ合わせて二千万頭という。ペットが多いのも、その反映であろう。子どもだと、かなりきちんと管理しなければならない。ペットなら、手抜きの管理でも、まあなんとかなる。イヌがヒトを咬んだりすれば飼い主が責任を問われる。だから紐でつなぐ。イヌは外からの危険を知らせたり追い払ったりする存在だったが、おかげでなんのためにヒトがイヌを家畜化したのか、わからなくなった。だから中山間地域では鳥獣害が問題になる。イヌがいないんだから、当然であろう。クマもイノシシもサルも、あるいはタヌキもアナグマも、畑に喜んで出てくる。作物のほうが野生のものより栄養価が高く、美味に決まっている。そこにヒトと動物の違いはない。

イノシシが来ないように、電気柵を設ける。シカはそれを跳び越すので、二メートルを超える金網を張る。それでもサルが上るので、漁網の古いのを横全体に張る。子ザルが網に引っかかって、動けなくなるらしい。あとは上空から侵入してくるカラスだけである。そこも網を張るしかないであろう。ヒトがなぜイヌを飼うようになったのか、現代日本社会、たとえば鳥獣害を見ていると、しみじみわかる。そこでイヌを放すと、保健所が捕獲に来ることになる。ご苦労様というしかない。

つい先日、プードルを抱いて散歩している人を見かけた。イヌの散歩か、飼い主の散歩か、哲学的にむずかしい問題を発見してしまった。ヒトでいえば、私ほどの年配の女性に相談を受けた。あちこちの医療機関で診てもらったが、特別なことはない。でも頭が重いし、元気がないし、しびれ感があるし、耳鳴りがひどい。それを一時間にわたって訴え続ける。聞いていて、ビックリする。この人は感覚が欠如しているのだろうか。外の世界が一切話題にならないからである。目も耳も触覚も、じつは外界を把握するために存在している。でもこの人はそれを完全に無視して、感覚は自分の身体に関することだけに集中している。いうなれば、「意識の中に住む」という、現代人の典型であろう。

この本を読んだからといって、そういう病が治るとは、肝心の著者自身が思っていない。でもまあ、遺言ですからね。言わないよりはマシだといいが。本人はそう思っているのである。

「差異と同一性」という話題は、若いころからのテーマだった。『形を読む』（培風館）では、上腕動脈を例にして、その問題に触れてある。比較解剖学では、この主題は「相似と相同」という問題として、古くから議論されてきた。本書ではそれには触れていない。そんなことに触れると、面白い話題がいくらでもあるから、また本を書かなければならない。

いままでにいくつもの私的、公的なシンポジウムに参加してきた。その中でたくさんのことを教えてもらい、気づかせてもらった。本書の中で勝手に呼び捨てにした方たち、池田清彦、津田一郎、内田樹、茂木健一郎の諸氏をはじめとして、シンポジウムに参加されていた方たちには、意識的・無意識的にとくにお世話になった。亡くなられた方では、京都精華大学長だった柴谷篤弘、哲学書房の中野幹隆、お二人の名前は忘れられない。中野さんが事務方をやってくださったシンポジウムの一つで、野矢茂樹さんが「差異と同一性」という主題を語ってくれた。その内容はその後『同一性・変化・時間』（哲学書房）としてまとめられたと思う。私はその中身を忘れてしまったが、歳だから仕方がない。でもなんらかの影響を受けているはずである。

最後になるが、編集者の足立真穂さんには、いつもお世話になりっぱなし。申し訳ありません。

養老孟司　1937(昭和12)年鎌倉市生まれ。62年東京大学医学部卒業後、解剖学教室へ。95年東京大学医学部教授を退官、現在同大学名誉教授。著書に『唯脳論』『バカの壁』『養老孟司の大言論』他。

Ⓢ新潮新書

740

遺言。(ゆいごん)

著者　養老孟司(ようろうたけし)

2017年11月20日　発行
2023年4月15日　13刷

発行者　佐藤隆信

発行所　株式会社新潮社

〒162-8711　東京都新宿区矢来町71番地
編集部(03)3266-5430　読者係(03)3266-5111
http://www.shinchosha.co.jp

印刷所　錦明印刷株式会社

製本所　錦明印刷株式会社

ISBN978-4-10-610740-5　C0210

養老孟司の本

〈文庫〉

『養老訓』

長生きすればいいってものではない。でも、年の取り甲斐は絶対にある。不機嫌な大人にならないための、笑って過ごす生き方の知恵。

『養老孟司の大言論Ⅰ 希望とは自分が変わること』

人は死んで、いなくなる。ボケたらこちらの勝ちである。著者史上最長、９年間に及ぶ連載をまとめた「大言論」シリーズ第一巻。

『養老孟司の大言論Ⅱ 嫌いなことから、人は学ぶ』

嫌いなもの、わからないものを突き詰めてこそわかってくることがある。内田樹氏との特別対談を収録した、「大言論」シリーズ第二巻。

『養老孟司の大言論Ⅲ 大切なことは言葉にならない』

地震も津波も生き死にも、すべて言葉ではない。大切なことはいつもそうなのだ。オススメ本リスト付き、「大言論」シリーズ最終巻。

養老孟司の本

〈文庫〉

『かけがえのないもの』

何事にも評価を求めるのはつまらない。何が起きるか分からないからこそ、人生は面白い。養老先生が一番言いたかったことを一冊に。

『養老孟司特別講義　手入れという思想』

手付かずの自然よりも手入れをした里山にこそ豊かな生命は宿る。子育てだって同じこと。名講演を精選し、渾身の日本人論を一冊に。

『身体巡礼』

心臓を別にわけるハプスブルク家の埋葬、骸骨で装飾された納骨堂、旧ゲットーのユダヤ人墓地。解剖学者が明かすヨーロッパの死生観。

『虫眼とアニ眼』
（宮崎駿　共著）

「一緒にいるだけで分かり合っている」間柄の二人が、作品を通して自然と人間を考え、若者への思いを語る。カラーイラスト多数。